九尾狐餐廳

牽絆的奶油料理

朴賢淑——著 張雅婷——譯

目錄

CONTENTS

구미호식당

夢想成為不死鳳凰的狐狸

月光穿過寬敞的玻璃窗，灑進老舊的餐廳。滿月的月光非常明亮，亮度絕不輸給白天的陽光。玻璃窗上映出我與大叔蒼白的臉龐。

大叔說：「你說你十五歲，對吧？如果有人問起你要怎麼回答？還是叫爸爸吧，那樣最自然。」

我剛好也在想這個問題，這四十九天我要跟大叔同住一個屋簷下，如果有人問起我們的關係，該怎麼回答才好。模稜兩可和草率的回答方式，只會引發人們的好奇心，那這四十九天可能就會過得不自在。

「都可以。」

我心想，反正也沒什麼不好。

「雖然不太滿意。」

但是，也不想讓他覺得我是沒有多想就馬上同意。我想表現出那種，雖然我不是很滿意，但是迫於現狀只好勉為其難的感覺。

「不太滿意？蛤，你以為只有你這樣想嗎？我也是好嗎！還以為我想讓你當我兒子啊？我可是單身吔。一個黃金單身漢，有兒子像什麼話。」

我才剛講完大叔就急忙接話，彷彿怕我說的話會掉到地上沾灰塵。大叔一看就是四十五歲左右的中年男子。本來想問他，為什麼到這個年紀還不結婚，但最後還是沒有說出口。畢竟有一首非常受歡迎的歌叫〈戀愛是必需品，結婚是選擇〉，所以這種問題可能太過時了。

我們兩個遇到敘皓之後，決定一起度過這四十九天。

敘皓想要尚未冷卻的炙熱血液，所以他常常向即將渡忘川的人提議合作。他說，只要渡過忘川，陰陽兩界就會完全分離，人只要到了陰間，血液就會變得冷冰冰的。敘皓沒辦法渡過忘川，也不需要冷掉的血。他需要一千個人的熱血，只要成功，他就能永生不死。

敘皓說，人即使被宣告死亡，在渡川之前都有機會復活。那些無法從醫學角度解釋為何死而重生的人，就是好不容易抓住那條渺小機率之繩的人。也就是說，國際新聞中那些死而復生的故事，並非都是捏造出來的。所有人都有機會復活，敘皓要我們把那個機會賣給他。

「反正復活的機率就跟看不見的灰塵一樣小，比起執著在那個點上，還不如賣給我。至少我保證給你們四十九天的時間，這段時間可以待在陽間，代價只需要一口熱血就好喔。你們自己想想吧，決定權完全在你們手上。分別來得太突然，讓人感到悲傷，對吧？有想見到的人，對吧？想獲得四十九天的時間並不簡單喔，能遇到我是你們幸運中的大幸運。」

敘皓說，因為離開這個世界的人太多，即使他想跟所有人交易，光靠自己一個卻是心有餘而力不足。所以他選擇躲在通往忘川的路上，攔住經過自己面前的人，並向他們提議合作。

「既然是幸運的事，為什麼要偷偷摸摸的？沒辦法光明正大嗎？你以為我是被騙大的啊？我死前被詐騙，死後還得遭遇這種事，我看起來有這麼蠢嗎？」

有人認為敘皓是騙子，不相信他，頭也不回地渡川。有人不覺得自己的人生有遺憾，也默默地渡川了。而那些因為貪心想比四十九天再多爭取一天的人們，即使最後妥協了，也因為時間緊迫不得不渡川。

我跟大叔生前從未見過，但是可能因為死亡的日期、時間差不多，所以我們兩個併行一起走向忘川。就在這時，敘皓擋住我們兩人的去路。當他向我們提議時，大叔毫不猶豫就答應了。

「正好我也不想就這樣離開，太好了。不只一口血，你想要多少口血我都加倍給你，可以再多給一點時間嗎？」

「絕對不行。」

敘皓堅決地搖了搖頭說，就只能給四十九天。

「那就沒辦法了，就說好四十九天。你快帶我去我住的社區。我住在堂萬洞。」

「喔，我也住堂萬洞吔。」

我很驚訝也很開心，也覺得住在同一個社區，同一天差不多時間死掉這件事很神奇。

「是喔？」

大叔看起來也很驚訝。

敘皓問我：「你呢？你打算怎麼做？」

我有點猶豫了。因為相較之下，我算是正在平靜地接受自己已經死亡這件事。不對，應該說我還沒真正意識到自己已經死亡這件事。總之，我並不覺得死掉有多可惜，也沒有遺憾。雖然我只活了十五年，但那段時間就像別人的一百五十年一樣凶險與崎嶇。即使能多活四十九天，也沒什麼開心的事或想做的事。

「這個嘛。」

「什麼這個那個？你也一起走吧。你不知道俗話說，好死不如歹活嗎？可以多活四十九天，有什麼好不要的？」

大叔突然插話。

「就當他也一起去吧。」

結果大叔打算隨心所欲幫我做決定。

「自己的想法最重要，這是沒辦法強迫的。」

這次，敘皓堅決地搖了搖頭。

「走啦，走啦。就像他說的啊，突然死掉都還來不及跟身邊的人打招呼。要做的事情也丟著，不覺得就像上廁所屁股沒擦乾淨一樣很不舒服嗎？至少要好好打聲招呼吧。」

聽完大叔的話，我稍微想了一下。

我的腦中浮現出了奶奶，也想到那個叫哥哥的人。他們才不在乎我是死是活。奶奶看到我總是說：「為什麼不從我眼前消失，不想看到你。」她也說過，「為什麼我要生出來讓她操心」這種粗暴的話。我又不是因為想被生出來、才被生出來的。說不定，奶奶其實每天都盼著我死掉，希望我快點從她眼前消失！

那哥哥呢。大我五歲的哥哥，把同父異母的我視為黏在柏油路上的口香糖。他性格暴力，無論何時只要他不高興，就會把手抬高，重重打在我身上。不只如此他還愚昧無知，只要他一張開嘴巴，多采多姿的髒話就像在溜滑梯，從舌頭溜出來。

他唯一有興趣的東西是錢。之前他只想著怎麼弄到錢，把自己打扮得很時髦，可以風風光光去夜店玩。最近好像是因為額頭所以需要錢。他不知道去哪裡幸運抽中可以植髮的活動。他說，那天他明白了一件事情，本來一直以為自己是額頭高，其實那是禿頭。因為幸運中獎，所以可以用半價植一千根頭髮。只要在額頭植入適當的髮量，就可以變帥好幾倍。因為被這些話誘惑，他跟奶奶伸手要植髮的錢，結果被罵個臭頭。奶奶說，她這個再沒多久就要八十歲的老人都沒植髮了，年紀輕輕的傢伙，沒事幹嘛植髮。之後，他整天就想著要上哪弄來植髮的錢。只不過哥哥即使需要錢，也不會想靠自己的力量賺錢。他可能是怕用勞力賺錢會傷了身體。總之，他就是那種覺得自己身體最珍貴的人。

哥哥甚至見不得我有幾塊零錢在身上，也非常擅長偷走奶奶藏起來的錢，然後再讓我背黑鍋。我光用想的都覺得頭痛，完全不想回去那個家，即使回去也只是繼續被罵，還有跟他們吵架而已。

「反正人不都死得很突然嗎？哪有人好好打過招呼才死的？幹嘛回去找麻煩？」

「那是你不懂，有很多人是都安排好才死的。別這樣，聽我的。薑還是老的辣，聽年長者的話，不會後悔的啦。」

大叔戳了戳我的側腰。不懂這個大叔為什麼硬是要拉著我一起去。

「沒時間了，快點決定。」

敘皓皺起眉頭催促著。雖然到目前為止我從來沒有這樣想過，我卻突然開始懷疑敘皓是不是真的人。這個人可以信任嗎？他會不會另有所圖？

「信不信也是由你判斷。」

敘皓準確讀懂我心裡在想什麼。

「那就這麼決定了吧。」

其實是因為一方面剛剛懷疑他覺得有點抱歉，還有大叔一直在旁邊示意要我答應，所以我就答應了。說實話，多活四十九天也不會有什麼損失。雖然代價是要給熱血，但是對於死人來說，血也是無用之物。那一點小東西，要就拿去吧。

聽到我的決定，大叔比敘皓還要開心，我不懂這位大叔為什麼要這樣裝熟。

「話說我們能這樣遇到也是緣分，你應該要告訴我們你的真面目吧？除了你的名字叫敘皓之外，說說你是做什麼的。」

大叔在所有事情都成定局之後才開口問。敘皓咬了咬紅色的嘴唇，用平靜的聲音說。

「狐狸。」

「什麼？」

大叔一副我聽錯了吧的臉，他皺著眉頭抬起眉毛問。我也不敢相信我的耳朵。敘皓又明確地說了一次狐狸。

敘皓說，他要在一千年之內喝一千個人的熱血，才能成為永生不死的不死鳳凰。當他說到「千年已經快到了」的時候，他那又細又長的眼尾開始顫抖了起來。

「活了一千年的狐狸不就是九尾狐嗎？我居然可以親眼見到傳聞中的九尾狐，真是難以置信。等一下，據我所知，九尾狐應該要吃生肝，而不是喝人的血吧？」

大叔面露驚訝。

「吃生肝的狐狸只是區區在黑暗中徘徊的九尾狐。我跟那些東西的等級完全不一樣。因為我會重生為征服黑暗、在豔陽中振翅的不死鳳凰。」

敘皓說這句話時，看起來非常地神氣。

「也是啦，不管你是九尾狐還是什麼都沒關係。你能不能成為不死鳳凰也與我無關。只要你遵守約定確實給我四十九天的時間就好。好，現在快點把我跟這孩子帶回堂萬洞吧。我要回家換套衣服，還趕著去見人呢。」

大叔催促著。

「但是……」

敘皓蠕動著嘴巴，好像有話沒說完一樣。

「沒辦法回家，因為那是復活。我只能多給你們一點時間，但沒辦法讓人復活。我的能力做不到。你們要用其他人的臉，去別的地方。」

敘皓話音才剛落下，大叔就用雙手揪住他的領口。

「什麼？你的意思是我不能回到生前住過的地方，要去不知道的地方跟不認識的人一起生活？甚至還不能用自己的臉，而是用別人的臉？你根本就是詐欺啊？那我幹嘛還回去人間多待四十九天，就爽快地離開人世就好啦。你剛剛明明就是要我們賣復活的機率給你，不是嗎？你既然買了別人的東西，就應該付出合理的代價。」

大叔看起來就像要馬上把敘皓抬起來扔掉一樣。

「人類的生命無法任意擺布。你們的年齡、性別與個性會保持原樣，但是臉會變成其他樣子。拜託不要耍賴要求我讓你們保持原本的樣子。再說一次，我做不到。這不是吵就能成的事情。只是白白浪費力氣而已。除了家裡之外，你們還想待在哪裡呢？

這我可以幫忙。即使不是用自己的臉回到家裡，也夠你們和想要道別的人說再見。」

敘皓的話讓大叔暴跳如雷。大叔抗議，他一定要用自己的臉回去。等到筋疲力盡的敘皓說，那就當作這件事沒發生，叫他快點渡忘川，大叔這才放棄。

「幫我在看得到公車站還有地鐵站的地方，開一間餐廳。因為我生前是廚師，如果沒辦法回家，餐廳是我待得最習慣的地方。這你應該做得到吧？」

聽完大叔的話，敘皓點了點頭。

「你呢？」

敘皓看向我。

「這個嘛。」

我沒有特別想去的地方。

「沒地方可去的話，就跟我待在一起吧。兩個人互相作伴比較好。即使這個選擇是錯的，兩個人比起一個人，心裡更能得到安慰。」

這段話簡單來說就是，比起只有自己被騙，有另一個人也一起被騙，這件事情更能安慰到他。也就是因為這樣，大叔才硬是抓著我。

「紙條上有寫這四十九天要遵守的注意事項。如果不遵守的話，會引發強烈的痛苦。那可是削肉噬骨的疼痛，不要讓這種情況發生。四十九天後見，我第四十九天的凌晨再來。」

敘皓把紙條放到我手中，便隨著月光捲起旋風後消失了。就這樣，我就要跟在生前從未見過的大叔，在死後四十九天內一起生活。

「你跟我的臉色，為什麼都是這副模樣？看起來就像死人一樣蒼白。」

大叔看著映在窗戶上的臉嘟囔著。

「我們不就是死掉的人嘛。」

「唉呦，我們又還沒越過那條分開陰陽兩界的川，所以還不算真的死透透了。就像敘皓說的，我們的血還是熱的。血還是熱的，就表示我們還活著。但是臉部的血液循環好像不太好，這已經白到要發青了吧。牠摘給我們的臉，該不會是死去人的臉吧？敘皓那隻狐狸，從一開始就不老實，等到我們都下決定之後才告訴我們這個那個。看來非常有可能是詐欺，那隻狐狸，即使是摘別人的臉來給我們，我也不意外。」

摘別人的臉！這個想法實在是太可怕了。

「你不要說這種話，讓人起雞皮疙瘩。」

「是嗎？我說完之後也覺得背後陰森森的。話說回來，既然要給新臉，為什麼不給一張帥一點的。這是什麼啊？跟我原來的臉比起來，也差太多了吧。這怎麼能算是臉。」

大叔更靠近玻璃，邊看邊抱怨。老實說，現在這張臉看起來比原本的還要善良呢。我第一眼看到大叔，還以為他是混某個地盤的流氓。我也將臉湊近玻璃。玻璃的另一邊出現一個下巴修長，眼睛圓滾滾的孩子。

大叔瞄了我一眼說：「你現在比原本的還要好。」

九尾狐餐廳

「我們真的徹底被騙了。」

大叔讀完敘皓塞給我們的注意事項紙條後，就忍不住憤怒地拿起餐廳內的椅子扔了出去。飛在空中的椅子撞到牆壁後，彈向桌子接著又彈了一下，最後掉到地板上。

「不能到餐廳外面，這像話嗎，蛤？這像話嗎？」

這四十九天只能待在餐廳裡是有點過分。但是其實我不出去也不會覺得煩，因為我沒有想見的人，也沒有想做的事。眼看著大叔變成憤怒大猩猩，我實在說不出口「像話」兩個字。

「當然不像話。」

我毫不猶豫地附和他。

「如果當初知道只能悶在這間餐廳裡，我也不想要回來。哼，以為我會乖乖聽話嗎？話說當初我們又不認識，牠居然從一開始就不講敬語。從那時候我就知道牠是個騙子。」

大叔把敘皓給的紙條撕得粉碎。

「你要出去嗎？」

「當然要出去。我一定要去見一個人，我就是為了見他才回來的，如果只能關在這餐廳裡還有什麼意義。」

大叔憤怒地緊握雙拳，大聲說道。

「但是牠說，出去的話會引起強烈的疼痛……」

「痛難道還能痛死人嗎？不對，我反正都已經死了，再死一次又如何？小小疼痛，我有辦法忍。」

大叔咬牙切齒地說。

夜幕降臨，滿照玻璃窗的月光，隨著時間流逝一點一點地消失。當月光與星光褪去，黑夜變得更加深沉。這就表示不久後凌晨即將降臨。我全身累到就像快沉到地底下去。

大叔好像打算熬通宵。他一下生氣，一下碎碎唸，然後又生氣，不停反覆。看來我是沒辦法睡覺了，於是我邊應和著大叔的每一句話，邊環看了餐廳一圈。

要過四十九天，這裡的環境還算不錯。說實話，不只不錯而是非常優秀。比我家好太多了。

兩台新型冰箱裡裝滿了做料理用的食材，倉庫裡的食物更是滿到要溢出來了。不用說住四十九天，要在這邊一百天都不出去也是綽綽有餘。而且這裡還有乾淨的浴室、足夠的熱水。唯一的缺點就是只有一間房間，要跟大叔睡同一間房間是有點彆扭，但是如果真的覺得尷尬也可以出來睡在餐廳裡，所以不會有什麼太大的問題。我是誰？我可是王道英。在爸爸喝酒喝到過世之前，我可是當他的兒子當了十一年。只要爸爸喝醉回來，就會把我從家裡趕出去。我就必須忍受夜晚露水的寒冷，在外面的小巷熬一整夜。然而爸爸幾乎每天都喝醉，所以對我來說，我對巷子還比房間更熟悉。在外面過夜這件事，我可以說是專家。

「你是怎麼死的？」

不知道是不是連生氣都嫌累，大叔喝下一大杯水後問我。

「什麼？」

「問你為什麼死了？」

啊，對齁，我已經死了，差點忘記這件事。

「好像是騎摩托車，騎著騎著就……因為我最後一個記憶是騎著摩托車，馳騁穿梭風中。哇，那時候真的很開心。」

「你是在送外送賺外快嗎？」

「不是，因為個子矮，老闆嫌我看起來像小學生，不讓我打工。」

「也是，你的腿是有點太短，讓身高看起來更矮。人啊，身材比例是很重要的，身高再高，只要腿短看起來就會很矮。反之，身高不高，只要比例對了，就會看起來很高。我第一次看到你的時候，也以為你是小學生。但是仔細一看，以一個小學生而言，你的臉有點老。只看臉的話，說你是大學生也有人會信。」

明明有「看起來很成熟」這種高級的詞彙。為什麼偏偏要說我老臉。啊，真是煩人。

「你為什麼要騎車？小孩子騎那個東西非常危險。」

「說來話長。」

我覺得沒必要跟他說，我是因為偷騎停在秀燦他家店門前的摩托車，才變成這樣的。沒必要從這個四十九天之後就要分開的大叔嘴裡聽到小偷這兩個字。

「長話你就慢慢說。反正我也沒什麼重要的事要急著做。我們還有四十九天這麼長的時間。」

比起剛才，大叔似乎冷靜了一點。

「那你為什麼死掉了？」

「我好像也是因為車禍。因為我最後一個記憶是，我開著車尾隨別人。」

「尾隨？你是警察嗎？」

大叔說自己是廚師，難道是騙人的嗎？好險我沒告訴他我偷了別人的摩托車。我差點就在警察面前自首「我就是小偷」。雖然死掉的大叔沒辦法把死掉的我帶去警察局。但是如果他是充滿正義感的警察，就會在這四十九天裡不停提到這件事。那生活就會變得很累。大部分的大人都認為小孩是自己的壓力來源。把教育這兩個字當作面具使用（美其名為教育）。如果他的職業是警察的話，那他的面具就不只一副，而是兩副。大人與警察！我光用想的就覺得煩跟可怕。

「我不是警察。」

「真的嗎？不是警察為什麼要尾隨別人？」

「這之後再慢慢跟你說。對你來說也不重要吧，反正有四十九天的時間，沒有必要著急。首先為了明天，我們至少睡個覺吧。」

大叔走進房間，我沒跟進去。我想了想，還是不要一起睡比較好。大叔也不知道為什麼，沒叫我進房間。比起裝和藹、裝熟，我反而比較喜歡這樣。我跟大叔在這方面好像蠻合得來的，所以我也放下了心中的大石頭。

我將餐廳裡的五張桌子併在一起，然後躺了上去。為了保暖，我把身子蜷縮起來，用雙臂緊緊環抱著。

黑暗像墨水一樣深沉，透過玻璃窗，緩緩地流了進來。簌簌！風聲傳來，玻璃窗也輕晃著發出哐哐聲。這時胸前才傳來一陣寒意，我真的死掉了嗎？那股寒意馬上就轉變成了恐怖感。我希望夜晚快點過去，夜晚有著能將小小的害怕變成巨大恐怖的力量。玻璃窗規律晃動著，我努力聽著那個節拍入睡。

當我再次睜開眼睛，是因為聞到一陣香氣。大叔在廚房拌炒著某個東西，他熟練地使用著平底鍋。

大叔說：「吃飯吧，我打算出去一趟。」

接著，他將一份不知名的菜餚直接放到桌上。白白淨淨的碗，一點刮痕或缺角都沒有。盛在碗裡的食物，看起來非常高級。不對，這道有著各式各樣蔬菜的料理，光用高級這個單字還不足以形容。應該說，它散發著五彩繽紛的光芒嗎？

跟我平常吃的那些，不管是用炒的、煎的，還是煮的，都直接整鍋端上桌的食物不一樣，而且是一百八十度完全不一樣。我有資格接受這種待遇嗎？就好像被邀請參加一次特別的聚餐，也很像搶別人的東西來吃，總感覺很不安心。

料理的味道也接近完美，找不到任何缺陷。我對大叔的第一印象跟這個完全不同。如果他不說自己是廚師，而是說自己是以刀維生的人，我可能會胡思亂想。所以當大叔跟敘皓說自己是廚師的時候，我對此嗤之以鼻，沒放在心上。

大叔說他要出門，我沒有阻止。他看起來很固執，即使我阻止他應該也沒有用。其實我也有點好奇敘皓說的強烈疼痛到底是什麼。大叔自願要當那隻白老鼠，我會很感謝他。如果違反規則的疼痛是還能忍受的程度，那麼我這四十九天也不用白白浪費，也要做些什麼再走。摩托車！我想騎摩托車。想要騎著摩托車馳騁一整夜。直到累到不行，心臟就像要跳出來一樣，一定超級無敵暢快。

「碗給你洗喔，只動嘴吃飯，洗個碗才公平，對吧。」

我放下湯匙，其實也正在想跟大叔說我來洗碗。但聽完大叔的話，這個想法直接消失不見。

——噹啷，鏘鏘。

當我正弄出各種碰撞的聲音，心不甘情不願地洗著碗時，大叔走出了餐廳。吱吱吱，木製的大門發出卡卡的聲音。

洗完碗之後，我雙手打開躺在併好的桌子上。很好奇大叔回來的時候會是什麼樣子，那將會左右我這四十九天的生活。

陽光穿過寬敞的玻璃窗灑了進來。穿過窗戶的陽光漸漸延伸，開始蓋到了桌子。我就像蟲蟲一樣，一點一點蜷著身體躲避陽光。

就在這時候，

——哐哐。

大門被打開了，瞬間一陣耀眼的陽光湧入屋內，因為突然被光線蓋住臉，導致我睜著眼睛也看不到前面。我一邊把身體轉向側邊，一邊揮一揮手想把光線趕走。然後才看清楚走進屋內的人。

「不做生意嗎？」

是一個留著長捲髮的女人。要說她的頭髮有多捲呢，捲到會讓人誤以為她頂著樹叢。光是看著都覺得雜亂無章。但是那張臉！我好像在哪裡看過，但是又想不起來在哪裡看過。

「什麼生意？」

「這裡不是餐廳嗎？」

對了！這裡是餐廳啊。

「明天才開始，裝潢還沒完成。」

我慌張地隨便用個理由搪塞她。女人將一頭亂髮往上一撥，環視了餐廳說「店面蠻乾淨的嘛」，然後走了出去。

「看來外面有招牌。」

我從窗戶確認女人已經離開後走出店外。因為就在餐廳前面，應該不算違反敘皓說的注意事項。在白天看餐廳建築，雖然老舊卻很有氛圍。

一個掛在矮矮的一樓建築上，未免也太超過的大招牌。上面寫著：

——九尾狐餐廳

「乾脆直接寫上這是活了一千年的狐狸開的餐廳算了。這跟打廣告有什麼兩樣。」

招牌上的字體甚至是鮮紅色。為什麼直接取名叫九尾狐餐廳？我懷疑牠是不是有其他的目的。

我看著招牌好一會兒，之後便回到室內。是不是真的像大叔所說的，我們掉入騙子的陷阱裡了。我認為自己沒什麼好失去的，所以也不怕被騙。有句話說：「不怕人身上沒灰塵」這樣看來，即使我身無分文，還是有被騙的價值啊。

過沒多久，大門被打開，一位彎著腰的奶奶走了進來。奶奶穿著白色的毛衣，頂著一頭一根黑髮都沒有的白色短髮。

「裝潢還沒好，明天才開始營業。」

我在奶奶開口之前就先說了。

「啊啊，原來如此。那你們這邊賣什麼啊？」

奶奶往前再走一步，看了看餐廳的環境。

「妳問菜單嗎？」

「問你是賣什麼的餐廳？」

「客人想吃什麼就賣什麼。」

我又隨便回答她。

「想吃什麼都有？很不錯啊。看來過幾天，我得再來一次了。」

奶奶離開之後，我把大門掛上鎖。把門鎖上後，店裡再次回歸平靜。我伸了個大大的懶腰，再次把手張開趴在桌子上。陽光曬在背上，溫暖到就像那些小小的擔憂都會消失一樣，我的心情非常平靜。我睡著了。

不知道睡了多久，等我睜開眼睛，窗外已經被黑夜慢慢地籠罩。大叔還沒回來。他到底去做什麼，到這個時間都還沒回來。我開始擔心他。敘皓說的那個疼痛應該比我想得還要可怕很多倍吧。如果大叔出了什麼問題，我自己也不想一個人待在這裡四十九天。早知道會這樣，應該先問敘皓要怎麼呼叫牠。

黑暗快速地佔領餐廳的內部。可以從窗戶看到外面遠方的街道，比白天更加明亮。

我蹲坐在黑暗中，盯著外面看。這時，一個黑影搖搖晃晃地朝餐廳的方向走過來。他的雙臂在空中搖晃，走路的樣子也東倒西歪。看著那個黑影，我的心哐啷一聲沉了下去。那個人一定是大叔，但是他為什麼沒辦法正常走路呢。

——碰碰碰。

——啪嗒。

隱約傳來有人敲門跟東西倒下的沉重聲音。我小心翼翼地打開木製大門。

大叔蹲坐在門前，手在空中揮來揮去。我好不容易把大叔撐起來，他就像沒有骨頭的水母，全身癱軟找不到重心。

「我的腳趾好像被拔掉了一樣。」

大叔使盡力氣說完這句話，就昏了過去。

該怎麼做，才能見到那個一定要見的人

過了一晚，直到隔天下午大叔才清醒過來。即使清醒了，他還是沒辦法開口講話。看起來整個人像嚇壞了一樣。

「你會煎蛋吧？幫我煎一顆吧，不要全熟。」

他的聲音像是啞掉般沙啞。

大叔吃完煎蛋之後，也沒有說什麼。眼神放空，似乎在深思著某件事情。

孤獨充斥整間餐廳，寂靜長到令人難以忍受，甚至還讓人感到一絲可怕。大叔出去回來這段時間到底遭遇了什麼事情，我會不會也要經歷那種痛苦？我跟大叔的未來到底會變得如何呢？

「在餐廳裡面生活才是上策。」

過了好長一段時間，大叔才開口對我說。當初得意洋洋走出餐廳的樣子已經消失

無蹤。

「大叔。」

「別問！」

大叔嚇了一跳之後大喊。

「什麼都別問，我現在什麼都不想說。那疼痛真的非常可怕。牠叫我們不要出去是有道理的，還有四十幾天的時間，等我恢復一點，再慢慢跟你說。」

在大叔瞳孔中晃盪的恐懼與恐怖，就像火山即將爆發般滾燙地燃燒起來。我的心臟瞬間揪了一下。

就這樣過沒多久，

「呃啊啊啊！」

大叔突然用雙手緊緊抓著頭，然後發出痛苦的呻吟。

「哪裡痛嗎？」

「沒有。呼～只是在想之後要怎麼做而已。我毫不猶豫賣掉重生機率的原因就只是為了這個，但是居然沒辦法做到。」

呃呃呃……大叔的呻吟聲很淒涼。

「我在想既然不能出去，那麼剩下的時間該怎麼運用。可是頭腦完全轉不動，一點頭緒都沒有啊！」

大叔一直很痛苦。此時，我看到窗外走來走去的行人們，突然想到之前來餐廳的那些人。

「之前有人來問餐廳不營業嗎。如果他們再來，我要怎麼回答？要不要乾脆把門鎖起來？現在這種情況，有辦法煮東西賣嗎？而且我們有必要辛苦賺錢來用嗎？不能出去應該也沒地方花錢，更何況四十九天之後我們就要離開了。」

大叔沒有回答。

我再問了一次：「要把門鎖起來嗎？」

大叔說：「等一下。」

他仍然緊緊抓著頭。

過了一下，大叔把手放下，將身體坐直。

「我們來做生意吧。」

「嗯？」

「我說我們來做生意。你看這邊什麼食材都不缺，應該什麼菜都能做。所以我們來做生意吧，我負責煮，你只要負責打掃跟端菜就好。」

「為什麼要找事來累死自己？賺錢要做什麼？」

「不是為了賺錢。」

「不然呢？」

「我冷靜思考後發現只有這個方法，可以在不出去的情況下，把客人攬進餐廳。除了煮東西做生意之外，你還有其他方法嗎？我啊，不跟你說你不知道，其實是個手藝非常不錯的廚師。只要吃過我煮的菜，大家都會上癮。我們馬上就會變成排隊名店，如此一來，我要見的那個人也會來的。那個人是美食家，而且他的口味已經被我慣壞了，普通的食物，沒辦法讓他滿意的。他一定會來，沒錯，這是最好的方法。」

大叔興奮地用力站起來走進了廚房，接著打開冰箱忙碌地確認裡面的食材。

大叔想見的那個人，一定要見到的那個人到底是誰呢？我真的很好奇。但是他每次都只會回我反正還有四十九天的時間，再慢慢回答我，現在肯定不會跟我說是誰。

我們徹夜準備開店，大叔決定好菜單、準備隔天要用的食材。我依照大叔吩咐，將菜單寫好、貼到牆上。也寫了一張「營業中」，貼在餐廳大門上。大叔寫的菜單，我一個都不認識。就這樣我們餐廳的菜單定下來了，是四種我連聽都沒聽過的料理。

大叔說：「說不定你想見的人也會來，所以不要覺得太辛苦。」

不知道他是不是因為叫我做太多事，所以稍微覺得愧疚。

「我沒有想見的人。我甚至覺得死得剛剛好。」

「是嗎？那為什麼還要多待四十九天？」

大叔瞪大了眼睛，好像感到很意外。

哇，也太無言。他這麼快就完全忘記，我是被他又推又拉才來的。難道那劇烈的疼痛，也會傷害到頭腦嗎？

「是大叔苦苦哀求我一起來的啊，因為你不想被騙。」

我提醒他回想起來。這時，大叔才點點頭噗哧笑了出來。他蒼白的臉龐上綻放的微笑，看起來十分驚悚。

「既然木已成舟，你也想想有沒有想見的人吧。」

「想了也不會有的。」

「不想見見爸爸媽媽嗎？考慮看看要不要見爸媽吧。你不是也住在這個社區嗎？見到他們的機率很高吧，即使現在沒有這種想法，等到真的見到也會覺得好險有見到他們。親子之間的關係本來就是這樣。因為每天黏在一起，所以會變得無感，比起好的一面，更容易看到壞的一面。有時候甚至會覺得對方是仇人。但是所謂親子關係，是以親情為基礎的啊。」

「爸爸媽媽？我沒有那種東西。」

「真的嗎？」

大叔停下正在處理蔥的手。

「媽媽總是被爸爸往死裡打，所以她在我四歲的時候離家出走了。之後完全失聯，是生是死都沒人知道。就算她活著，我也沒有特別想見她。畢竟是四歲的事情，我也記不得。這些都是爸爸跟我說的，可笑吧？明明是被他打到離家出走的，又不是什麼值得炫耀的事。爸爸因為飲酒過度，所以在我四年級的時候過世了。你可能想問我是跟誰一起住吧？我跟奶奶一起住，爸爸在跟我媽媽結婚之前已經結過一次婚，他那時候也有一個兒子。還有跟那個兒子一起住。是一個比我大五歲的小混混。他就是一個不想著如何賺錢，只想著如何花錢的傢伙。動不動就滿嘴髒話，奶奶也是一樣。動不動就生氣，總是跟我說希望我從她眼前消失。我是奶奶跟哥哥的出氣桶，只要他們生氣就會找我出氣。」

什麼親子關係都是以親情為基礎？我們家沒有那種東西。

「不管是奶奶還是哥哥，我都不想再見到他們。如果見到奶奶反而會出大事。因為我是偷騎秀燦家的摩托車出車禍的，摩托車肯定被撞爛了。然後奶奶還要賠那些錢。唉呦喂呀，見到奶奶的那天，就是我被揍爆的時候。」

我搖了搖頭。根據奶奶的個性，我被打爆都還有剩。大叔呆呆地看著我，聽我把話說完。啊，不小心就把我偷騎別人摩托車的事說出來了。

「即便如此，也不要問我想不想見朋友。我沒有朋友那種東西，我自己一個人更自在。自己去學校，自己回家，自己吃飯。你可能想問我是不是被排擠？嗯……在別人眼中可能是吧，只不過我自己並不這麼覺得。首先，要有想跟他們一起玩的念頭，才會覺得自己被排擠。但是我喜歡自己一個人，所以不會有那種想法。如果有人欺負我，我會全力反擊回去。用盡吃奶的力氣去抵抗，讓他們再也不敢欺負我。即使我身材比較矮小，但是只要用盡全力，也能將深藏在身體內的力量呼喚出來。」

大叔聽完我的話後，又回去處理他的蔥。

我之所以會一口氣把各種事都跟他說，只是為了防止他繼續問更多的問題。言下之意，就是叫他不要再問任何跟我有關的問題。我討厭說關於自己的事情。那種無法用笑臉說，也無法用笑臉聽的故事。這種故事不管對聽的人還是說的人而言，都是痛苦。大叔不是個笨蛋，也就沒有再繼續問下去了。

「反正事已至此，我就當作是來幫你吧。我也沒特別想做什麼事。在完全離開之前，至少算是做了一件好事。大叔想做什麼就盡量做吧，我會盡力幫忙的。」

這句話是出自真心。

「謝謝你能這樣想。啊，如果有螺肉就好了，炸螺肉真的是極致美味啊。那個人也喜歡炸螺肉，如果知道有賣這道料理，他就一定會來的。」

大叔翻找冰箱之後嘆了一口氣。

「也沒有牛奶。把吐司稍微泡一下牛奶，沾上蛋液後煎一煎，最後淋上糖醋肉醬，真的超級好吃的唷。這道菜也是那個人喜歡的食物。」

雖然不知道那個人是誰，能肯定的是，大叔真的非常喜歡他，甚至已經到一個可怕的程度。從他瞭解對方喜歡吃什麼，還想做給他吃，就可以看得出來。

「我可以問問那個人是誰嗎？」

「不可以！」

大叔快速打斷我的話。他的態度堅決到有一點傷到我的自尊心。

我冷冷地回答：「反正我也沒有非常好奇。」

「之後再慢慢告訴你吧。我們還有超過四十天的時間啊。」

我就知道他會這麼說。

大叔準備完隔天開店要用的東西之後，走到鏡子前面開始擔心起自己的衣著。

「唉呀，居然還得穿著露出膝蓋的褲子，跟領口鬆掉的T恤煮飯。早知道會這樣，就應該穿著廚師衣服尾隨他。如果可以回到最後那天，我想換件衣服穿啊。」

聽完大叔的話，我才跟著確認自己穿了什麼。我也沒有比大叔好到哪裡去。我穿的是那個叫哥哥的傢伙不穿之後扔給我的藍色運動服。因為褲管太長，我還摺了三摺。上衣也像麻袋一樣，超級寬鬆。那天（那個叫哥哥的傢伙偷錢的那天），被奶奶罵了之後。我從家裡跑出來，連換件衣服的時間都沒有。

「衣服就算了，這個臉再令人滿意一點就好了。這算什麼啊，長得讓人看了就沒胃口。我看看喔，如果揉一揉的話，臉會有血色一點嗎？」

大叔用力揉了揉臉龐。但是一點效果都沒有。大叔咬牙切齒地大罵敘皓是一隻沒想法、目光短淺的狐狸。我說我是個廚師，牠答應幫我開餐廳的時候就應該想到我會做生意吧。那不就應該給我一張適合開餐廳的臉嗎。一直發火的大叔突然又咧嘴笑了起來。

「不過想到可以見到他還是很興奮，這點倒是很感謝那隻狐狸。」

真是奇怪，又不是躁鬱症，怎麼一下子生氣，一下又嘻嘻笑。

九尾狐餐廳的高級菜單

第一個客人是那個頭髮亂成一團的女人。女人看起來非常疲倦，她粗糙的臉上絲毫沒有光澤，甚至還有些水腫，眼睛也有血絲。頭髮甚至比昨天還要凌亂。她看了看貼在牆壁上的菜單，臉上露出些許失望的表情。但是我好像在哪裡看過她，那張臉明明很眼熟。

「沒有熱呼呼的湯嗎？天氣很冷耶。」

女人用細長的手指摸了摸下巴說。當她的指尖撫摸過下巴的時候，發出粗糙的沙沙聲，而且她居然會覺得現在這種天氣很冷，看來應該是身體不舒服。

我猶豫了一下。

● 奶油綿綿

● 鯛魚糖醋肉
● 地瓜燉湯
● 佳麗歐蝶

這四道料理我都沒吃過。當然不可能知道哪道會是熱呼呼的湯。地瓜燉湯是湯嗎？既然名字有燉湯，應該就是湯湯水水吧。原本在廚房探頭探腦的大叔快速地跑了過來，親切地說：

「奶油綿綿是熱呼呼的湯。」

女人問：「我想要吃那種辣的，喝下去會溫暖腸胃的湯。因為我現在真的超級冷的，奶油綿綿是辣的嗎？」

「我可以依照您的口味做成辣的，喝完之後會暖到出汗。」

聽完大叔的介紹，女人二話不說點了一碗奶油綿綿。

我一邊將湯匙、筷子與叉子擺在桌上，一邊偷偷看了女人一眼。她的臉真的很眼熟，但我完全想不起來她是誰。我畢竟在這裡住了十五年，應該是偶然在路上遇過吧。

「為什麼叫九尾狐餐廳啊？」

「您說什麼？」

這是一個出乎我意料之外的問題。

「為什麼這間餐廳叫做九尾狐餐廳？有什麼特別的原因嗎？」

特別的原因啊，那當然是非常特別。因為這是活了一千年的狐狸幫我們開的餐廳。我默默朝廚房看了過去，大叔正忙著料理，一點空閒時間都沒有。

「我也不太清楚，是我爸爸取的名字。」

過了不久，大叔端著超大的碗出來。碗裡裝的湯就像牛奶一樣白皙，裡面的配料沒辦法一眼就看出來是用什麼做的。

「客人，雖然它看起來是奶油色的，但您嚐嚐看就知道它是辣的喔。」

大叔恭敬地將裝有奶油綿綿的碗擺放在桌上。他接待客人的姿態既優雅又高級，一看就知道經過長久的訓練。大叔生前是在哪裡工作的呢？雖然我不知道，但用猜得也能猜出是五星級餐廳。

「嗯，味道很濃郁。全身都暖起來了。」

嚐了一口湯的女人感嘆著。大叔的臉上也閃過一絲滿意的微笑。

「但是……」

女人叫住要走回廚房的大叔。

「這間餐廳為什麼叫九尾狐餐廳啊？」

聽到女人的問題，大叔先露出吃驚的表情，接著表情變得越來越複雜，一副不知道該說些什麼的臉。

「那是因為……」

大叔瞇著眼睛，慢慢啃著下嘴唇。

「沒什麼特別的原因，只是因為我小時候喜歡那些關於九尾狐的故事。因為太喜歡了，只要開始看就停不下來，等我長大成為廚師之後，就自然而然決定如果有機會開餐廳，就要叫九尾狐餐廳。哈哈哈哈，真的沒什麼特別的吧？」

大叔仰頭哈哈大笑。啊，他不應該笑得那麼誇張。蒼白到發青的臉，一點都不適合那個笑容。不只不適合，嚴格說來那個笑容詭異到讓人看了心情很糟。那個女人皺起眉頭看著大叔。

「那，請您慢用。」

大叔看到女人的反應，連忙收起笑臉回到廚房。然後又端出了一盤沙拉招待她。

那個女人將奶油綿綿跟沙拉都吃個精光。

女人朝著大叔揮一揮手示意要結帳。

「您是我們開店的第一位客人，我們免費招待。請您幫我們多多宣傳，讓越多人知道越好。尤其要強調我們有賣奶油綿綿喔。奶油綿綿是我們的獨門料理，只有我們有賣，因為是我研發的。」

聽完大叔的話，女人非常地感動，接著她起身離開。在走出店門前，她大概說了十次會努力宣傳到嗓子都啞了。

第二位客人是昨天來過的那位有著白色短髮的奶奶。

「看來是有固定菜單啊，你不是說可以看我想吃什麼就做什麼嗎？」

白髮奶奶看完菜單後皺起眉頭。

大叔馬上改口說：「您想吃什麼呢？如果是可以用現有食材做的東西，我都可以做給您喔！」

「我想喝爽口的燉黃豆芽湯，沒有放海鮮，只用黃豆芽煮的那種。從以前我就一直很想吃，但找不到有賣的地方。大部分的店都會放很多海鮮。」

「沒問題。」

大叔毫不猶豫地回答。

「為什麼這裡叫九尾狐餐廳啊？」等上菜的時候，白髮奶奶問。

「因為主廚小時候非常喜歡九尾狐的故事。」

我重複了一次大叔說過的話。白髮奶奶點了點頭，沒有再多問下去。

「你是工讀生嗎？」

不久後，白髮奶奶問我。

「不是，我們是父子。」

「是喔，你看像最近景氣不好，不花錢請人幫忙，自家人一起工作才是最好的。如果請別人來做啊，賺來的錢都花到別人那邊去了。做得好！我以前也是開餐廳的。」

白髮奶奶在等食物的時候，一直跟我說她以前賣雞肉料理的故事。只要是用雞做的料理她都賣過。無論白天晚上，客人都絡繹不絕。那時她做得太辛苦了，所以現在每個手指關節都很痛。

「其實啊，如果能賺大錢就算了，但是因為我們賣得便宜，所以根本沒賺到什麼錢。再加上客人很多，所以也需要請很多人手，結果賺來的錢就這樣花在僱人上面了。」

奶奶邊說邊打寒顫。世界上最辛苦的事情就是開餐廳。就在我厭煩到快要無法迎合奶奶的時候，燉黃豆芽湯上菜了。

「廚師小伙子骨瘦如柴，感覺奄奄一息。但是煮菜的手藝很不一般喔，我第一次吃到這麼好吃的燉黃豆芽湯。」

白髮奶奶就像用倒的一樣，將燉黃豆芽湯全部喝光光。

「不收錢，今天因為是開店第一天，免費請您吃。」

大叔一看到白髮奶奶將塞在腰間折得小小的一千元紙鈔拿出來時，就搖了搖頭說。

「嗯？這麼好吃的食物，我怎麼可以就這樣免費白吃了呢？」

白髮奶奶露出跟頭髮凌亂的女人一樣感動的表情。

「那就請您幫我們多宣傳，尤其是我們做的奶油綿綿。」

「奶、奶什麼？」

「奶油綿綿。名字有一點難記，是吧。熟悉之後就會很上口的，我寫給您。請幫我們多多宣傳，我會再做您想吃的東西給您。」

大叔在紙上寫下「奶油綿綿」，然後放在奶奶的手中。

「能免費吃到珍貴的料理，真的很謝謝你。但是感覺你身體不太好，這樣真的很不好意思。」

白髮奶奶捨不得走出餐廳，直直盯著大叔的臉看。

「我嗎？」

大叔用手指著自己的臉。

「主廚小伙子是，你兒子也是。臉上就寫著『我不舒服』，我這樣免費吃飯也可以嗎？良心過意不去啊！」

「唉呀，您別瞎操心了。我們兩個都超級健康，請不用操心。請多多幫我們宣傳啊！」

大叔笑臉盈盈地說。

「知道了，我會到處宣傳這裡無論手藝或是人情味都很棒。過幾天我會帶朋友來吃。」

白髮奶奶一直看著紙上寫的奶油綿綿，一邊默唸著走出餐廳。

白髮奶奶離開不到三十分鐘，第三位客人進來了。是兩個濃妝豔抹，戴著華麗項鍊的大嬸。

其中一個大嬸穿著黃色的雪紡衫，一進來就直接走向廁所。

「小朋友。」

坐在桌子旁邊，穿藍色襯衫的大嬸，把手指朝向我勾了勾。

「奶油綿綿是什麼料理啊？是高級料理嗎？」

「是的，是高級料理。」

對我來說，剛剛第一次看到的奶油綿綿十分有品味。淡淡的色澤，充滿濃郁的香氣。

「是嗎？那好吃嗎？」

「是燉湯，如果您想吃辣味的，我們也能做成辣味。」

「應該不會看起來濁濁亂亂的吧？就是那種看起來很沒品味的。」

「完全不會。」

這時候剛好黃色雪紡衫大嬸回來了。

「我們點奶油綿綿吧，我去歐洲玩的時候有吃過。是在哪裡？對了，是捷克的布拉格。想當初能在美麗的都市，品嚐美妙的食物，這種又高級又辣的湯，堪稱絕品。」

身穿藍色襯衫的大嬸微笑著說，她說謊說得很流暢。

「哎呀，果然是常出去玩的人都很瞭解各地美食呢。那就麻煩妳點餐了。」

穿黃色雪紡衫的大嬸說。

「小朋友。」

藍色襯衫大嬸把下巴微微抬高，她用傲慢的姿勢舉起手指朝著我勾了勾，示意我過去。

「我們兩個都點一碗奶油綿綿。」

她用濃厚的鼻音跟氣音唸出奶油綿綿這四個字，我不知道她為什麼要這樣說話，好像在說義大利語。

等待上菜時，藍色襯衫大嬸忙著炫耀她的旅遊經歷，飛機搭的是商務艙，住的是七星級飯店，吃的是知名餐廳。若不是財閥，連想都不用想的那種旅行。黃色雪紡衫大嬸則是嚴肅認真地傾聽，並時不時點點頭表示同意。

「就跟妳說要買那塊地，一年之內可以漲四倍。這樣妳就可以像我一樣到處去玩。請相信我，去跟妳父親說，讓他給妳一點財產。他抓著那些財產能做什麼，為什麼不給妳？」

「就是說啊，他抓得可緊了。他對自己的子女完全沒有愛。也是啦，畢竟從小，我爸爸就從未對小孩說過一次溫柔的話。」

黃色雪紡大嬸的表情稍微暗了下來。

瘋狂炫耀、裝模作樣的藍色襯衫大嬸，等到要付錢的時候，就假裝照鏡子，遲遲不從椅子上站起來。

「今天是開業，我們免費招待。」

當黃色雪紡衫大嬸準備結帳時，大叔對她們說。

「天啊！這麼高級的食物，真的免費嗎？」

黃色雪紡衫大嬸開心到不知該如何是好。

「雖然比不上我在捷克布拉格吃過的奶油綿綿。」

這時藍色襯衫大嬸才走過來說兩句話。大叔撇了藍色襯衫大嬸一眼，當藍色襯衫大嬸看到大叔蒼白的臉上那雙銳利的眼睛，她的肩膀顫抖了一下。

「請多多幫我們宣傳，尤其是我們有賣奶油綿綿這件事，越多人知道越好。」

大叔將目光從藍色襯衫大嬸身上收回，並且對著黃色雪紡衫大嬸說。

「當然，這是一定的。你們的名片上有住址跟電話嗎？請給我一些名片吧。」

「我們沒有名片，不用名片也很容易找到我們。江頭站五號出口，出來直走五十公尺就到了。」

黃色雪紡衫大嬸說一定會介紹給認識的人，然後她們走出了餐廳。

過了午餐時間，我想說天氣怎麼灰濛濛的，接著雨滴就打在了窗戶上。大叔站在窗前，呆呆地望著窗外。地鐵站附近，人們忙碌地走來走去。

「我剛剛差點就要將那個穿藍色襯衫的女人在吃東西的途中趕出去。好不容易才忍住。這世界上我最討厭說謊的人。討厭到極點。那個女人不僅超級厚臉皮而且擅長說謊，裝模作樣的手法也很厲害，明顯就是想要從黃色雪紡衫女人身上大撈一筆。如果被那種人纏上，記得要小心一點。自己完蛋就算了，可能還會連累父母親一起跌到谷底。好險我有忍住，畢竟我們剩下的時間沒多少，要留一些好評才能讓大家上門光顧啊。唉，真的是。」

大叔好像想到什麼事情，往後看了一下。

「你可以去房間看看有沒有日曆嗎？沒關係，我自己去看吧。」

大叔快速地跑回房間。

「沒日曆啊，那就用這個代替吧。」

大叔將一張白紙貼到牆上。

「今天是四十九天中的第三天，我們還有很多時間。」

大叔在白紙上畫了三個圓圈。今天沒有客人再來上門。四十九天的第三天，就這樣結束了。

意料之外的相遇

白髮奶奶帶著她的朋友們來了。每一位就好像約好了似的，都彎腰駝背，頂著一頭白髮，而且都很喜歡講話。白髮奶奶與朋友們想吃的食物對我來說很陌生。只放黃豆芽的燉黃豆芽湯、只放大醬的自製大醬湯、只放馬鈴薯的醬燒馬鈴薯，她們不喜歡一道料理中放各式各樣的食材，喜歡只放一種食材的味道。奶奶們吃了大叔的料理後，感嘆著料理味道很有深度。

因為好奇有深度是什麼味道，所以我在上菜的時候偷偷嚐了一點。但是沒辦法說出是什麼味道，如果用人類的眼睛來比喻，就是一種霧濛濛的味道。這到底是什麼東西啊，奶奶們是不是味覺有問題？

我突然想起我的奶奶，仔細想想奶奶好像也是這樣。隨著年紀增長，她越來越無法吃出料理的滋味。每次都說這個味道跟那個味道吃起來都一樣。奶奶甚至不擅長調味，有時候湯平淡如水，有時候又鹹到無法入口。

大叔總是免費請奶奶們吃想吃的東西。他唯一的要求就是，希望她們可以到處幫忙宣傳，尤其是這間餐廳有賣奶油綿綿這件事。

白髮奶奶燃起熊熊意志，表示一定會宣傳到位，不愧對這些飯錢。她努力反覆背誦著，雖然她已經背好幾天了，還是一直忘記「奶油綿綿」的名字。奶奶的朋友們也將奶油綿綿寫在手心上，不停地背誦。

不知道是不是白髮奶奶的宣傳發揮了效果，突然間客人變多了。店裡聚集了越來越多的客人，我跟大叔也變得越來越忙碌，甚至沒辦法聊上一兩句。大叔根本出不了廚房，所以我要自己一個人上菜、結帳，還有打掃。

即使大叔那麼忙碌，還是不會忘記時不時確認客人的臉。每當這時候，他的臉上都會蒙上一層淺淺的失望。

大桶子裡的錢越來越多，卡片也不知道刷了幾百張，雖然也不知道那些錢會入到哪個帳號。當錢桶裝滿時，大叔會將錢裝到大袋子中，並把它放在冰箱旁邊。

客人越來越多，我們忙到昏天暗地，牆上白紙的圓圈也越來越多，但是大叔等的人，還是沒有來。

「這麼快就已經過去二十天啦。唉，四十九天根本一點也不長，一定要想想其他方法。再這樣下去，剩下的時間光是做生意就結束了，這可不太妙。以前我根本不知道時間流逝得那麼快，我還以為時間是無限的。萬萬都不會想到時間其實就像羽毛一樣，輕飄飄地就飛走了。」

到了紙上有二十個圓圈的那天早上，大叔擺出一副嚴肅的表情。

「你今天上菜的時候，仔細看看有沒有人在用Facebook或Instagram。跟他說，上傳餐廳的宣傳活動，可以獲得十五天的免費餐券。」

「什麼活動？」

現在就已經忙到昏頭了，如果更多的人來，那真的會出大事。

「你馬上就會知道了，無論用什麼方法，我都一定要見到那個人。你今天一定要找到有在用社群軟體的人，越多越好。唉呀，為什麼我之前都沒想到呢？明明這樣就可以了。」

大叔一想到可以用活動吸引更多的人，他的心情就變得很好，哼著歌繼續準備開店。

接近午餐時間，天空開始打雷閃電，雨滴不停落下，最後下起滂沱大雨，甚至還吹起大風。餐廳屋頂因為風雨，好像馬上就要塌了一樣，搖晃個不停，看起來十分危險。

雨勢大到像是起霧，連餐廳窗前的街道都看不清楚，整個世界成了灰色。如果天氣一直這樣，今天餐廳肯定是門可羅雀。

「看來連老天爺都不肯幫忙。」

大叔望著窗外嘆了一口氣。

大叔將那些因為過於興奮，超額準備的食材堆到廚房水槽上，之後走回房間。

我看著貼在牆上的紙，二十個圓圈！現在只剩下二十九天了。大叔到底在等誰呢？他們是什麼關係？為什麼他如此想要見到那個人？

我蹲坐在餐廳的一側，將臉埋進雙膝之間。就跟大叔說的一樣，時間真的過得好快，我以前也從未想過時間居然會過得這麼快。

風雨加劇，打雷閃電讓周圍變得吵雜。不知名的恐懼踩過我的頭，雖然只有一下下，但卻非常強烈。死亡這兩個字，浮現在我的腦海中。偷騎秀燦家摩托車在路上奔馳的那天，我已經死了，然後已經過了二十天。

我真的死掉了嗎？我伸出手指，撫摸著臉。這個不是那張可以塞滿掌心的圓臉，小小的臉、大大的眼睛、細長的下巴，這是一張我不認識的臉。是啊，我已經死了。沒辦法出去，這張臉也不是我的臉，我慢慢真正意識到我已經死了這件事。

就像大叔說的，我在死之前沒跟任何人道別。因為我根本沒有想到自己會死。那天就像平常一樣，我輕踩著摩托車的踏板，速度也很剛好。路上也鮮少有汽車經過。我深信我騎完那條路之後，可以再回到我原來的世界。今天、明天、還有後天，就這樣我的生活可以一直繼續下去。

啊，仔細一想，我有一件事情沒做：避開那個叫哥哥的傢伙的視線，取出藏在學校置物櫃裡的一百一十元。我沒機會花那些錢了，好可惜。還有之前撐了好久，我都沒換新的體育服。我是被奶奶罵得臭頭後，好不容易才買了新的，結果也才穿了兩次而已。奶奶生氣地對我說，別人都可以穿三年，我為什麼撐不到兩年就要換新的。原本覺得丟臉不想請她幫我買，但是體育老師真的很討厭學生不穿體育服。我那麼辛苦才買到的體育服，居然不能穿了，真的好委屈。

早知道會這樣，我絕對不會買。不對，至少我死掉那天要半價賣出才對。還有敏智那傢伙，每次經過我旁邊就像聞到垃圾桶一樣，鼻孔一張一合，還皺眉頭。那個壞傢伙，我還沒機會教訓她……如果知道會這樣，我應該爽快地教訓她一頓才對。

如果早知道會死，我應該跟右臉上有一顆很大的痣的餐廳阿姨道謝。每次午餐時間，她都會說多吃一點才會長得高，然後盛一堆肉給我。那時不知道為什麼，總覺得說這種話很難為情，所以總想著明天再說，明天再說，結果一直拖著沒說。現在也沒辦法挽回那段時間啊。比起死掉這件事，那些無法挽回的時間更可惜。真的，我連做夢也從來沒想過，會這樣毫無預兆就死掉了。

——嘎吱。

這時我聽到門被打開的聲音。抬頭的那一瞬間，我還以為我會昏倒。是哥哥！我用手臂揉了揉眼睛，再次看向門的那一側。那個人絕對是哥哥，沒錯。那傢伙怎麼會來這裡？為什麼來這裡？我的心臟跳得超級快，就像要爆炸一樣。我爬進廚房，躲了起來。

「有人嗎？」

他的聲音沙啞般粗獷。每次聽到這個聲音，我都想把耳朵摀起來。

──碰。

我聽到房門打開又關起來的聲音。

「歡迎光臨。」

大叔的聲音很輕快。

「我聽說這裡在招工讀生。」

什麼？我差點就從原地跳起來。

「啊啊，好。那邊請坐。」

大叔居然要找工讀生，我完全不知道這件事。要找工讀生就算了。為什麼偏偏來的是那傢伙。還有那傢伙是頭腦被雷打到還是怎樣？不然那個只知道花錢，根本不會想到要賺錢的石頭腦袋，絕對不可能到處找打工。

「你是大學生嗎？」

「不是，我二十歲了，兩年前高中自主退學。學校太無聊，實在是沒辦法繼續待。」

「所以你在準備學力鑑定考試嗎？」

什麼學力鑑定考試個屁。哥哥跟讀書之間根本有一道萬里長城。

「嗯，就當是這樣吧。」

「你有在餐廳工作過嗎？」

「有。」

我的天啊！居然一絲猶豫都沒有就說出這種天大的謊言。果然是哥哥，當他偷奶奶的錢，奶奶氣到不行質問是誰偷錢的時候，他可是臉不紅氣不喘地撒謊說「是道英，我看到他從妳房間出來」，這樣奶奶就不會責罵他。

奶奶對哥哥只有無限的愛意，相較之下，對待我的態度根本一百八十度相反。可能是因為比起哥哥的媽媽，奶奶看我媽媽更不順眼。奶奶說，我媽媽是狐狸精，該死的狐狸精，誘惑別人家的乖兒子拋棄糟糠之妻，自己去佔那個位置。如果佔了別人的位置，就應該撐到底啊。才撐了四年就丟下孩子逃跑。奶奶總是這樣罵她，罵得口沫橫飛，所以怎麼可能看我順眼呢？

「在餐廳工作的經歷有多久呢？」

「已經做很久了。」

哇，真的是很咋舌。哥哥明明連泡麵都懶得自己煮。但只要我或奶奶煮，就會整鍋搶去吃，明明才說自己不想吃的。我沒看過比他更過分的劫匪。

雖然我很想馬上把他趕出去，質問他什麼時候在餐廳工作過？我花了很大的力氣，好不容易才忍住沒說。

接著大叔問了各種問題，表示會再透過白髮奶奶聯絡他。

啊哈，原來是白髮奶奶介紹來的啊！白髮奶奶怎麼會認識那傢伙？

「啊，對了，你有在用社群軟體嗎？」

「當然有，我的興趣就是玩社群軟體。吃完飯就在玩。」

這句話倒是真的。哥哥每天早上一睜開眼，就會先登入Facebook跟Instagram賣弄虛榮心。炫耀用跟奶奶一哭二鬧三上吊，甚至威脅的錢買來的衣服，或是上傳不知道從哪下載的美食照，假裝是自己吃的。有時會上傳別人的車子照片，騙大家說是自己的車。這些都還是小意思。有一次他上傳了看得到車牌的照片，結果被真正的車主發現，在底下留言：「騙子，這是我的車。」而鬧出了一陣風波。從那之後，他拍照片都變得非常小心。那個傢伙，如果光是從社群上認識他，會以為他是財閥或是財閥家的兒子。那個人就是全身上下都用虛榮心包裝過的傢伙。

「這樣啊……那你明天就來上班吧。」

我的天啊！

「誰說可以的？」

我原地跳起來大聲說。跟哥哥正面對上眼了。

哥哥問：「他是誰？」

哥哥完全認不出我來。也是，怎麼可能認得出來。

「啊，他是我兒子。」

「你沒跟我說要找工讀生！」

我再次拉大嗓門說。

「年紀輕輕的講話那麼大聲？一點規矩都沒有。」

哥哥碎碎唸。

大叔說：「你也知道我們太忙了啊。連喘口氣休息的時間都沒有。如果找個工讀生，你也會比較輕鬆。為什麼生氣？」

「最近的小孩都沒什麼禮貌。講話大小聲，還會跟大人頂嘴。唉唉，這種傢伙就應該打一頓才會聽話。老闆，您要多注意兒子的教育了。總之，我明天早上過來喔。」

哥哥附和完大叔的話，就大步往門的方向走去。但他大門拉開了一半就轉過身走回來。

「我忘記問，時薪是多少呢？」

「想要多少就給你多少。」

「真是一間好餐廳。」

哥哥露出滿意的表情打算開門時，又再次回頭。

「那個……衣服，沒事。世界上到處都有這樣的衣服吧。」

他上下打量我穿的運動服後，走出了餐廳。哥哥出去之後，我認真地跟大叔抗議。就算我只是小孩，但是我們現在的關係不一樣。要找工讀生應該跟我討論啊！決定要請誰也應該跟我商量。

「我們也沒有要雇用他好幾年，只不過二十天左右。就算你不滿意，這種程度也是能忍受的吧。」

不可理喻。要我跟哥哥待在同一個空間，我連一秒鐘都受不了。

「如果剛剛那個一臉衰相的人是我哥哥呢？這樣你還會覺得這二十天是可以忍耐的嗎？」

「原來他是你哥哥呀？」

大叔的眼睛睜得圓圓的。

「對，是我哥哥。這世界上最可怕的哥哥。」

「不是有一個常客奶奶嗎？我請她介紹可以來餐廳工作的人。我連作夢都沒想到，世界這麼廣闊、那麼多人，居然來的會是你哥哥。那麼現在該怎麼辦？這裡也沒有電話，也不能打電話叫他不用來了。只好等他明天來上班，再跟他說我們已經找到其他人了。」

大叔想得很簡單。但是這絕對不是一件那麼簡單的事。

「如果那麼做的話，這間餐廳瞬間就會一片狼藉。」

依照哥哥的性格，非常有可能做出這種事情來。

「他的個性很糟糕嗎？」

「他根本就是一個流氓。」

「那我們該怎麼辦？」

大叔看起來很為難，但是目前眼下看來也沒有其他的解決方法。

「沒辦法囉。事情已經發生了，偏偏發生的事情又是潑出去的水。潑出去的水怎麼收得回呢？好險他認不出我來，沒其他方法，我只好努力忍受了。」

「好啦，對不起喔。但是他每天都會用社群軟體是真的嗎？」

「他根本就社群軟體中毒。」

「那好險。」

但是有件事情我覺得很奇怪，白髮奶奶為什麼會認識哥哥？還有哥哥不是會為了賺錢而去做苦差事的人，為什麼會想打工呢？是因為還沒籌夠植一千根頭髮的錢嗎？還是需要花錢買新衣服裝闊少呢？不管原因是什麼，我確定哥哥不是那種想要工作賺錢的人，這真的是太奇怪了。

奶油綿綿

耀眼燦爛的陽光越過窗戶灑進屋內。外面的天氣十分晴朗，彷彿就像沒有過風雨一樣，空氣也很清新。

昨天都在想哥哥的事情，害我整晚睡不著。雖然他認不出我的臉，但是一想到要跟哥哥一起共事，我就覺得喘不過氣來。一整天都要跟他面對面講話這件事情，也讓人起雞皮疙瘩。

當我把大門推開，推散瀰漫在餐廳裡的濕氣時，哥哥出現了。哥哥穿著他平常最喜歡的緊身皮褲。皮褲在陽光下，就像烏龜殼一樣光滑。

上衣如同往常，解了三顆扣子露出了胸膛。他明明一塊肌肉都沒有，不知道有什麼可看的，卻總是一年四季都露胸。

「小屁孩，哈囉。」

哥哥抬起手來跟我打招呼。舉起手來打招呼表示他現在心情非常好。我裝作沒看到他。

「沒禮貌的傢伙，你再這樣小心死掉。」

哥哥經過我旁邊時，咬牙切齒地說。

「我已經是死人了，好嗎？」

我冷冷地回答。

「說什麼啊？瘋子」

哥哥把手指放在頭旁邊轉了轉。

「來啦？」

大叔從廚房探頭打了聲招呼，

「老闆，早安。」

哥哥朝著廚房快速舉起手打招呼。

「我可以不用說敬語吧？」

「當然，請不用拘謹。」

哥哥拉了一張椅子坐下，椅子刮得地板嘎吱嘎吱響。既然來餐廳工作，應該拿起掃把或是抹布吧。不找件事情做，坐在那邊翹著二郎腿，他到底想做什麼。

「打掃呢，就交給我兒子，你不用費心。你的話……對了，你叫什麼名字？」

「John王。」

什麼John王，有夠好笑。明明就叫王道守。

「John王。你的名字叫John王嗎？」

「名字是John，姓王。我用英文名字。」

就是一個只會耍帥裝闊的傢伙。用什麼英文名字，明明讀了十年書，直到高中一年級，才好不容易把英文二十六個字母背起來。

「好，John。」

當大叔說出John，我因為太無言，不由自主哈哈哈地笑了出來。

「有什麼好笑的？」

哥哥擺出嚴肅的表情看著我，我避開他的眼睛。

「請John上傳一些我們的活動貼文到社群平台上吧。收簡訊的號碼就留你的。啊，我們餐廳的位置也要一併寫上去。」

大叔將一張紙推到哥哥面前。

—九尾狐餐廳活動

九尾狐餐廳的招牌料理「奶油綿綿」的食材是什麼呢？

請踴躍參與活動。將湯頭使用的食材用簡訊傳送給我們，答對的人，我們會邀請您到餐廳告訴我們配料是用什麼做的。

獎金：三百萬元。

＊如果沒有人答對，我們會親自找出知道答案的人。

哥哥睜大眼睛盯著大叔看。

「真的會給三百萬嗎？」

「當然。」

「哇，太讚了吧！」

哥哥的喉結滾動了一下，接著露出在想事情的表情，抬著頭看著天花板。不久後，才打起精神拿出手機。

「如果知道奶油綿綿食材的人沒有出現，您會親自去找他嗎？怎麼會企劃這種活動？這麼想花錢嗎？」

「這樣才找得到人啊。」

「什麼？我不太懂您的意思。總之您跟外表不太一樣，出手很闊綽呢。看來會有很多客人為了找出食材是什麼而湧來餐廳吃奶油綿綿了。哇，這樣的話，可能要多請十個工讀生了。如果還要請人的話，一定要讓我當工讀生老大喔，一定喔！」

哥哥將活動詳情上傳到社群軟體上了，活動貼文的留言數開始瘋狂暴增。三百萬的力量真的很強大。留言暴增的速度比光速還快。還有人留言說，既然是九尾狐餐廳，使用的食材會不會是青蛙呀？因為『狐狸呀，狐狸呀，你在做什麼呢？在吃飯呀，菜是什麼呢？是青蛙！死的嗎？活的嗎？是死的！啊，不對，是活的！』[1]」

---

1 此為韓國童謠《狐狸呀狐狸呀》（여우야 여우야）的部分歌詞，亦為類似鬼抓人的一種遊戲。

大叔準備開店，我擦了桌子和拖了地板，哥哥則是大聲唸著留言的內容。哥哥說的沒錯，到了午餐時間，人們開始聚集。店內座位全部坐滿，外面還排了長長的隊伍。哥哥發號碼牌，也事先接單。大部分的人幾乎都點了奶油綿綿。

許多客人們一口一口舀著奶油綿綿放進嘴裡細細品味，努力想要吃出它的食材。也有人拍照傳給別人討論，試著從外觀上找出它的食材是什麼。

「你知道嗎？」

客人太多我忙到不行，哥哥靠過來戳了戳我的腰。

「幹嘛？」

「奶油綿綿的食材。」

「不知道。」

「你爸爸煮的你會不知道是什麼做的，怎麼可能？」

「嗯，有可能呀。你沒看過廣告嗎？婆婆的辣椒醬祕訣，媳婦也不知道喔。」

「傻眼，呸！家人之間能有什麼祕密啊？真沒義氣。」

哥哥吐了一口口水到餐廳地板上。然後可能覺得哎呀不行這樣，所以又用運動鞋底抹掉。家人之間？這句話不應該從你口中吐出來吧，一天到晚讓人背黑鍋的人，不可能這麼輕易說出義氣這兩個字吧。

「等一下！你是多大，蛤？居然沒有跟我說敬語！」

哥哥突然開始挑剔我的說話態度，我裝作沒聽到。

「問你幾歲？」

哥哥甚至握起拳頭，再問了一次。

「十五歲，怎樣？」

「哇，這傢伙，居然跟我足足差了五歲啊？差五歲可是差很多。把五年的時間吃的飯碗排一排的話，可以繞地球好幾圈。我那個叫弟弟的傢伙也是十五歲，他可是都會乖乖跟我說敬語。那才叫正常，你真的是一個把教養都拿去餵狗的人。」

我什麼時候乖乖說過敬語了？雖然想反問回去，但是努力忍住了。還有弟弟就弟弟，「叫弟弟的傢伙」又是什麼東西。我下定決心了，十八天後，我要離開的那天，我一定要用盡全力巴他的頭，然後說：「混蛋，這輩子身為你弟弟是最令人生氣的事。」爽快地臭罵他一遍再走。雖然氣得咬牙切齒，但我努力壓制怒火，深深吸了一口氣，冷靜下來。

「但是我有一件好奇的事。」

「『我有一件想請問的事』，你難道不會這樣說話嗎？啊，算了，我為什麼要教別人家的兒子禮貌呢？煩死了，真煩。好，什麼，好奇什麼？」

「你為什麼要打工？」

其實我從昨天就很好奇了。

「我本來就很常打工，打工賺錢給弟弟零用錢，也幫家裡補貼一點生活費。一看也知道我很善良吧？」

瘋子……問話的我才是笨蛋。真的太無言，我無言到都要喘不過氣來了。

一整天賣超過一百碗奶油綿綿，哥哥的活動貼文下面充滿了「今天吃了奶油綿綿，還是不知道是用什麼做的」這類的留言。哥哥的手機也不停收到參加活動的簡訊。

「賺了錢要做什麼呢？要買最新的智慧型手機，現在有誰不是用智慧型手機？」

哥哥一邊將收到的簡訊內容寫在紙上交給大叔一邊說。

大叔掃視紙上寫得內容，臉上閃過一絲失望的表情。看來沒有人猜出奶油綿綿的食材。

「奶油綿綿是用什麼做的啊？我不會參加活動，您不用擔心，跟我說，我真的好奇到不行。」

哥哥纏著大叔要答案。但是大叔連回應一下都沒有。

我平常就對料理的食材沒什麼興趣，也不理解為什麼要知道，所以也沒想著要去查清楚。由於大叔把它當祕密，讓我產生好奇心。奶油綿綿湯頭色澤有如牛奶，既可以做成辣味，也能做成不辣的。但是絕對不會影響到湯頭的顏色。材料到底是什麼呢？

當時間稍微過晚上八點後，餐廳關門。

「我也想吃吃看奶油綿綿。」

哥哥說要知道是什麼味道才有辦法宣傳，大叔二話不說，端出了一碗奶油綿綿。

「這到底是用什麼做的呢？我有生以來第一次吃到這個味道。總之，真的是太好吃了。」

哥哥喝完一整碗之後，嘴巴發出嘖嘖的聲音不停回味，用鼻子聞來聞去，努力想找出使用的是什麼材料。如果連哥哥這種水準的人都找得出來，這個活動早就結束了。

大叔說薪水是一個禮拜結算一次，但是哥哥要求一天結算一次。

「早上九點來，工作到晚上八點，這樣是十一個小時。」

「哪有，比十一個小時還多一點吧。跟錢有關的問題要算清楚才行。」

「好，那就算是十二小時吧。你想要拿多少錢？」大叔問。

「當然是越多越好囉，但是真的是我開多少，就給我多少嗎？」

「我對錢沒什麼興趣，只要你能好好管理活動，你想要多少都可以給你。」

「啊，當然，就說我在這部分可是專家。」

大叔像是要開給他看一樣，將裝錢的桶子打開來，裡面堆了滿滿的紙鈔。哥哥的眼睛睜得很大。

「客人很多，但沒想到收入這麼多。」

哥哥看著錢桶不停地吞口水。

大叔抓了一把錢給他，這筆錢對於一個一整天只是發號碼牌、點餐、看著手機的人來說，可能有點太誇張了。哥哥一邊收下那筆錢，一邊死死盯著錢桶。他的眼神炙熱地燃燒著。瞬間我的直覺告訴我，哥哥的壞習慣，總有一天會發光發熱。

「到底人在哪裡？在做什麼啊？」

哥哥回去之後，大叔望著窗外，自言自語般低聲嚷嚷著。那聲音聽起來就像等累了，沒有活力的聲音。今天大叔有多期待可以看到那個人，光從聲音就可以聽得出來。

「如果有更多的人知道店裡有賣奶油綿綿，他一定會找上門的。雖然不知道他是誰，但你不是說他最喜歡奶油綿綿嗎？那麼他一定會來的。」

我安慰他。

「是啊，他真的超級喜歡奶油綿綿。他說，剛好符合他的口味，如果他聽到我們的活動肯定會來，但是我的時間已經所剩不多了。今天又過了一天，那麼就只剩下十七天了。時間過得太快了。」

大叔蒼白的側臉閃過一絲難過的神情。

「明天那個叫John王，還是什麼王的來了之後，我會請他在社群軟體上多多宣傳。」

「好啊，謝謝你啊。好險有你在。」

大叔看著我淺淺地笑了一下。

——好險有你在。

這句話真讓人開心。我有生以來第一次聽到這句話。大叔是一個越瞭解、越能發現他溫暖一面的人。雖然不知道大叔在等誰，但是我大概可以猜得到。大叔想要在走之前給他滿滿的愛，想要深深地珍惜、愛惜的人。一定是這樣的人。

我下定決心明天即使煩死哥哥，也要叫他把活動的消息傳得更廣更遠。希望在我跟大叔真正離開之前，大叔可以見到他想見的人。還有希望大叔剩下的愛，可以完全轉達給他。

兩個奇怪的人

「親愛的顧客，歡迎光臨。」

哥哥拋出客服中心人員常用的台詞迎接顧客，因為哥哥那流滿地的油膩感，讓我覺得好像有一塊油卡在喉嚨一樣不舒服。自從看到錢桶裡的錢之後，哥哥完全變了一個人。他當然會這樣啊！比起當個平凡的工讀生，賺那份微薄的打工錢。一次把錢桶裡的錢都私吞了才快速方便。哥哥可不是會錯過這絕佳機會的人。說不定，這件事更適合他，

根據我長久以來的經驗，這種時候要小心提防：莫名的親切、臉上掛著根本一點都不適合他的微笑。這時表示哥哥正在計畫些什麼事情。

在他冤枉我是小偷、搶走我的錢之前，哥哥就是這副親切、莫名其妙的笑臉。

「親愛的顧客，歡迎再次光臨。」

哥哥連結帳都想自己來，他的小心思統統浮上檯面。

「爸爸叫你顧好活動，讓它盡量可以傳得越遠越好。」

我想盡力讓他遠離櫃檯。

「是嗎？如果老闆是這樣想的，那工讀生就得照做囉。」

哥哥雖然嘴上這麼說，卻沒有離開櫃檯。他將手機放在櫃檯旁邊，有空的時候就寫下收到的簡訊內容遞給大叔。看來他是盤算著先獲得信任，真像他會做的事。哥哥在做壞事之前，會先做一些平常不會做的事情。像是幫忙煮飯啊，或是明明就跟他說不吃了，還硬要煮泡麵。當你看著他改變的樣子，瞬間有了「看來他總算是想通啦」的錯覺時，就會馬上從背後被捅一刀。最常被哥哥傷害的人是奶奶，從某一刻開始，即使哥哥說的是真話，我也不敢相信了。但神奇的是，奶奶還是一天到晚被他騙。奶奶在面對哥哥的問題時，總是寬容到我懷疑她是不是患了癡呆症。

大叔看完哥哥給的簡訊內容後變得更加氣餒，原本就不怎麼好看的臉，變得更加慘澹了。

「欸，我問你。你跟你爸爸啊，是有什麼病嗎？就是類似家族遺傳病之類的？為什麼兩個人的臉色都很奇怪。就是那種很容易讓人覺得心情很差的臉。」

哥哥問。

「好奇嗎？」

我站著三七步，下巴稍微抬高回答他。

「喲，看看你這傢伙。到底為什麼這麼叛逆？小兔崽子在搞砸他人心情這件事上倒是別有天賦。我看你是真的想死，對吧。你真的會死我跟你說。對啦，很好奇。」

哥哥裝作要用手機砸我。

「因為我們已經是死人了，怎樣？」

我冷冷地回答。

「這瘋子，一直說這種話，小心真的會死，知道嗎？你沒聽過禍從口出嗎？不知道一語成讖這個萬古真理嗎？也是，你哪能懂什麼？瘋子。」

哥哥又把手指舉在頭旁邊轉了轉。

「因為真的是死人才會這樣說啊。」

「如果你真的是死人，那我就是總統。我跟你在這邊瞎胡鬧什麼，快去擦桌子。為什麼動作那麼慢？」

任誰來聽都會以為他是老闆。

正當我們忙著上菜時，白髮奶奶來了。今天只有她自己一個人來。

「哎呀，看來有在認真做事嘛。老闆！如何，還滿意這孩子嗎？」

白髮奶奶看著哥哥露出滿意的微笑，並對大叔說。

「是的，他做得很好，我很滿意。」

「做的好的話，薪水也不要太吝嗇啊，多給一點。」

「當然當然，薪水我給了很多。」

聽了白髮奶奶跟大叔的對話，哥哥驕傲地挺起肩膀。

白髮奶奶點了一個拌飯吃的大醬湯。然後看了一下我的臉色後偷偷地靠近哥哥，在他耳邊悄悄說了一些話。聽完白髮奶奶的話，哥哥的表情漸漸變得嚴肅。兩人的行為讓人感到不對勁。

那兩個人在搞什麼鬼？該不會是瞄準錢的共犯？

雖然這只是我突然冒出來的想法，但不是完全沒有這個可能。

知道餐廳生意好的白髮奶奶，或許藉由某個我不知道的方式跟哥哥聯手。我們一起幹一票吧，類似這種，不能因為她是奶奶就小看她。也就是不能覺得所有人只要年紀大了就會神智不清，或是變得沒有力氣。每個人都不一樣。百分之百有個人差異。

以前我看過某部電影，主角是平均年齡七十五歲的五個奶奶們。她們是小偷，你不知道她們多有默契，只要任何人成為她們的目標，就絕對躲不開。奶奶們會徹底做好計劃，並成功執行。平常她們則是裝作坐在角落階梯上曬太陽的可憐老人。誰都不會想到她們就是連續好幾天出現在新聞上的小偷。她們避開人們的視線，用偷來的錢買名牌包、華麗的衣服，到處吃昂貴又對身體好的食物。看完那部電影，我知道人的貪婪並不會因為年紀大了而減少。

白髮奶奶很有可能跟電影中的主角們一樣。沒錯，對。光是看她吃飯就知道，她吃很多，感覺消化能力也不錯。常常咬沒幾下就吞下去，能吃就是健康，健康與強壯成正比。強壯的人多半膽子很大，膽子大的話，就可以輕鬆挑戰別人認為不可能完成的任務。

我仔細看了看正在將白飯攪拌進大醬湯的白髮奶奶。今天看她的精神也是好得很神奇。不僅如此，她的肌膚充滿彈性，看起來十分光滑富有光澤。從裙子縫隙中看到的小腿肚，也是粗到任天下壯士看了都想哭。白髮奶奶除了駝背，其他地方都十分健康，堪比年輕人。

白髮奶奶快速地將拌在大醬湯裡的飯清光之後，拍拍哥哥的背就離開了。

在那之後，哥哥沒有表現出其他異常行為。到底在盤算著什麼呢？我無論是上菜或是擦桌子，整個注意力都放在哥哥身上。

越到下午客人越多，就算過了午餐時間，客人依舊沒有減少。就像今天沒吃到奶油綿綿就再也沒有機會吃一樣。客人們不停地湧入，而且都只點奶油綿綿。幫客人點餐、上菜，即使有十個身體也忙不過來。原本全部灌注在哥哥身上的注意力，自然而然也就分散了。

「可惡，到底為什麼死了還要這麼辛苦。」

我突然冒出這個想法。

只是為了大叔，所以才想說離開前做一次好事。這份好意漸漸藏進心中。手臂很痠、腿很痠、腰也很痛。

身體上的疲憊加上心靈上的疲憊。

今天是奧客團體用餐日嗎？為什麼每個客人都挑毛病跟找碴。也有很多人不滿意我的衣著。他們說，我穿的不像從事餐飲業的人應該會穿的衣服。啊……真的是……難道我是因為想穿成這樣才穿的嗎？如果可以，我也想馬上脫下這身運動服扔到旁邊去，但是又不能全裸，只好繼續穿著。居然因為這一身衣服就要被罵，我真的是委屈到不知道要說什麼。

當我正因為衣著被刁難的時候，大叔悄悄看了我一眼。他自己則是躲在廚房深處完全不露臉。大叔通常在出餐的時候，都會探出頭來說「上菜囉」。但是今天只能看到他把菜遞出來的手，臉則是躲得好好的，完全看不到。我能理解他怕穿著領口鬆掉的T恤，還有露出膝蓋的褲子被客人罵，所以想事先預防。但是另一方面，看到他那沒義氣又畏畏縮縮的樣子，也讓我氣得牙癢癢。

也有人用他們那令人無言的想像力點燃我的怒火。什麼奶油綿綿是不是用蟑螂做的啊，之類的有的沒的。那雙眼睛不知道長在那邊有什麼用，蟑螂是咖啡色的。雖然牠部分是黑色沒錯啦，但是基本上接近咖啡色。從腳到背部，整體都是咖啡色。但是奶油綿綿是牛奶色，連一滴其他顏色都找不到，是絕對跟蟑螂扯不上邊的食物。也就是說，除非是施了魔法，不然在夢中也沒辦法用蟑螂做成這個食物。

「本來祕密就會導致各種推測氾濫。」

大叔淡然地忽視那些話。他反而感謝大家對奶油綿綿有興趣。世界上最可怕的事情不是找碴，而是毫無關心。

一波人潮過後，好不容易才有機會休息、伸展一下身體。

「麻煩結帳。」

剛剛站起來，打算離開的客人說。

「John王！結帳……喔？」

櫃檯空著沒有人顧。明明剛剛還在結帳的哥哥不見了。瞬間一陣暈眩感如閃電般掠過我的腦海。他那個壞習慣又出來了啊！從早就開始高聲喊著「親愛的顧客，歡迎光臨」，還說著一些油膩膩的話，我就已經猜想到今天可能就是那一天了。

我的手一邊結帳一邊顫抖著。想起我還活著的時候，一天到晚被哥哥欺騙。即使現在死了，還要繼續遭遇這種事情，想到我就憤恨。好傷自尊心。我很後悔沒有打起精神一直監視哥哥到最後。

「大叔。」

我跑進廚房。

「大叔，我們徹底被騙了。」

「你在說什麼啊？」

「我說你被那個打工的傢伙從背後捅了一刀。」

「你是說被你哥哥騙了嗎？被騙什麼？」

到底為什麼會提到哥哥這兩個字。

「什麼哥哥啊？我說被John王騙了。你看。」

我指著空空無人的櫃檯。大叔看了一眼櫃檯，還是不知道我在說什麼。

「John把錢桶裡的錢全部偷走了，今天我們拚死拚活工作賺的錢，統統被他拿走了。啊，不對。昨天關門之後也沒有清過錢桶對吧？那就是連昨天的錢也被他拿走了。我就知道會這樣，他本來就是這種人。」

我在「本來」這兩個字上加重了語氣。但是，等一下！兩天賺的錢到底有多少啊？雖然我沒有仔細數過，但是金額應該非常龐大。

大叔現在才搞清楚狀況，原本就已經鐵青的臉，現在變得更加蒼白了。

「那麼我們的活動呢？」

大叔只擔心活動。

「已經完蛋了啊，那傢伙不是會想靠打工賺錢的人。我推想過白髮奶奶也很可疑。白髮奶奶來餐廳，覺得我們生意變好的，所以慫恿王道守來做這種事。還有，剛剛白天白髮奶奶過來吃飯，有在王道守耳邊講悄悄話，看起來也很可疑。」

「王道守？」

「是John王的本名。」

「沒有辦法找到王道守嗎？現在活動正如火如荼地進行，今天來了許多客人，所以應該也有很多人參與活動啊……」

大叔只關心活動。

「要報警啊！」

我要趁這個機會狠狠地教訓他才行。每次奶奶都驕縱放任他，他才會偷別人的東西，那個態度自然到就好像那個東西本來就是他的，他只是找回來而已。

在他把那筆錢拿去植髮，或是買穿去夜店的華麗衣服之前，我要把錢拿回來才行。雖然那筆錢對我來說沒有用處，但是我絕對無法放棄。我一想到即使死了還是要被哥哥欺負，胃就痛了起來。

「我們要怎麼報警？又沒有電話。」

「如果有客人來，就借客人的電話報警吧。」

「這也很尷尬，這種事情我不想太招搖。如果大家知道了，會覺得我們這裡很危險，就不想來了。絕對不行。唉，今天應該也有很多人參與活動啊……」

繼續講也只會讓我嘴巴痠而已。我跟大叔看著天花板，各自陷入想法之中。正當我煩惱到底怎樣才能好好地教訓哥哥時，突然一個想法像閃電般快速掃過我的腦海。

「大叔，大叔在等的那個人啊，你不知道他的電話嗎？打電話叫他來不就好了。

啊，這樣的話就不用如此辛苦了不是嗎？哎呀呀。」

我用拳頭敲了敲自己的頭。

「客人來了就跟他說免費招待，但是借他的電話用。然後馬上打電話給那個人，叫他過來這邊。」

大叔說：「要是我知道他的電話，我還會在這邊搞這一齣嗎？」

「死了之後也忘不了的人，卻不知道他的電話？那就是很久沒見的人囉？那怎麼有辦法在幾天內找到？現在這種情況下，是絕對做不到的。」

「不是，是很常見的人。以前知道他的電話，但是我跟蹤他的那天早上，他換了電話號碼。那個人，一個月會換一次電話號碼。」

「一個月換一次？」

那麼十之八九是私生活很複雜的人。不然就是欺騙別人的騙子。

——嘎吱嘎吱。

這時候餐廳大門被打開，哥哥走了進來。

「嗯？」

我跟大叔就好像約好一樣，同時張大嘴巴看著哥哥。小偷居然回到犯案現場。完全沒有預料到，讓我覺得有點困惑。

「抱歉。」

哥哥只有嘴上說抱歉，臉上完全一點都不覺得抱歉。然後一屁股跌坐在椅子上。

「不是，是不到需要道歉的程度……沒關係，這是有可能會發生的。」

啊，真的是！沒關係到底是哪裡沒關係。哥哥身邊的人都是這種態度，所以才讓哥哥那麼目中無人。

「我應該要先說的，但是太忙了。」

哥哥發出咳咳咳的聲音把痰從喉嚨引了上來。本來想吐在地上，但突然想到不可以這樣，結果又吞了回去。

「說了再拿走就不算是小偷嗎？把錢交出來，該不會已經花光了才回來吧？」

我因為哥哥的態度太過理直氣壯，所以氣呼呼地說。

「什麼錢？」

哥哥把雙手朝上打開。

「不要跟我們玩這套吃了假裝沒吃的遊戲。」

「裝什麼？我從早餓到現在，今天太忙，一餐都還沒吃。」

「你不是偷走錢桶裡的錢嗎？」

「瘋子，你在說什麼啊？Are you crazy？」

哥哥又把手指放在頭旁邊轉了轉。這段時間英文進步很多嘛。

「你不是把這裡面的錢拿走了嗎？」

我打開桶子放到他前面要他仔細看看。這種時候比起說十句話，還不如拿出一個證據有效。

「嗯？」

打開錢桶的那一瞬間，我就像是鬼遮眼一樣。錢桶裡裝滿了壓得緊緊的錢。

「什麼啊，小傢伙居然還誣蔑別人是小偷？喂，你這傢伙。今天收到錢，我就從小孔塞到桶裡面。找錢是從抽屜的零錢桶拿的。我根本沒打開錢桶。因為太忙甚至沒時間去尿尿，哪有時間開錢桶？啊，煩死了。我真的是噁心到待不下去，不幹了。你以為除了這裡，我沒有其他地方打工嗎？」

哥哥氣到從座位上站起來。

「你們兩人之間好像有什麼誤會。」

大叔一把抓住哥哥襯衫的衣角。

「誤會？什麼誤會？那傢伙現在不就是誣陷我是小偷嗎？我雖然什麼事情都幹過，但是有兩件事情絕對沒做過。那就是偷竊跟說謊。」

哥哥挺出他沒有肌肉的胸膛，大聲地說。我明明知道他說的是天大的謊言，但是看著說情的大叔，就一句話都說不出口。但是這到底是怎麼一回事？為什麼錢會回到錢桶裡了呢？我仔細想了一想，啊，現在才想起來。哥哥消失的那一瞬間，我就認為哥哥把錢拿走了。根本沒有確認，就跟大叔說。即便如此，我還是對他一點歉意都沒有。你看，很委屈吧？明明沒有偷，卻要背黑鍋，憤怒到牙癢癢吧？我因為哥哥經歷過無數次這種事情。我怎麼可能覺得抱歉呢，反而很爽快。

親愛的顧客，恭喜中獎

大叔好不容易安撫哥哥留下。

「以後不要再搞出這種尷尬的局面。」

我也被大叔唸了一頓。又不是只有哥哥會用社群軟體，雖然我跟大叔說再找其他社群軟體中毒的人，大叔也沒有理會我。大叔說沒有時間了。於是我決定退讓一步。因為我們真的沒有時間了。

哥哥因為大叔的挽留，就覺得自己好像是多厲害的人一樣。氣勢狂燄到我睜著眼都看不下去。他下巴抬得超級高，大搖大擺地在餐廳內晃來晃去的模樣讓人看了很不爽。

「桌子擦乾淨一點啊。餐廳第一要務就是整潔。」

哥哥對著我嘮叨。

差不多到了傍晚，等到一波人潮退去之後，哥哥開始將收到的簡訊內容整理給大叔。

「啊！」

快速掃過簡訊的大叔大叫了一聲。那聲尖叫如此強烈，讓我有一個強烈的感覺，大叔終於找到他想找的人了。

「John王，快過來。終於有正確答案，有人答對了。」

「哇，三百萬得主終於出現啦。」

哥哥原本站在鏡子前整理襯衫釦著釦子，他慢條斯理地走到了桌子前面。

「快……快打電話給這個號碼，快。」

大叔指著簡訊的手不停地顫抖著。

「哎呀，什麼啊。糯米粉加洗米水、白砂糖、類似山藥的東西，這就是奶油綿綿的材料嗎？怎麼那麼平凡？」

哥哥看著簡訊內容，露出失望的表情。

「配料的食材，我要親耳聽到他說。如果連那個都用簡訊傳過來是一件很危險的事。還有比起用什麼食材，多少份量才是決定料理滋味的關鍵。快點打電話！」

哥哥說：「老闆你自己打。對獲得三百萬的人來說，這樣更有意義吧。」

大叔卻露出尷尬的表情。

「還是你打比較好……因為……」

大叔想找出適合的理由，他的眼睛往下看、直直盯著桌子。這時有一股強烈的感覺閃過我的腦海。

「等一下，大叔。那辣味奶油綿綿呢？雖然我不太懂料理，但這些食材絕對弄不出辣味吧。因為出現類似答案的食材，所以讓你太興奮了。稍微冷靜一下，重新再看一次。」

只要牽扯到錢，世界上多的是騙子。聽完我的話，大叔的表情始終如一。

「那個人不喜歡吃辣。他只喜歡不辣的。所以對辣的食材沒有興趣，啊，原來這種事情真的會發生，好像在做夢一樣。」

大叔哽咽地說出「好像在做夢一樣」。

哥哥按下Line暱稱上寫著「娜娜」的電話號碼，但是對方沒有接電話。

「沒接嗎？為什麼不接呢？」

大叔鐵青的臉變得更加蒼白了。

哥哥又打了幾次，但是娜娜依舊沒有接電話。哥哥說，明天再打過去試試看。哥哥說，他下班後需要去一個重要的地方。但是大叔不讓他走。最後用他待多久就多給他多少時薪，叫哥哥繼續打電話。

「啊，真的是！不接電話到底買手機幹嘛？難道手機是裝飾品嗎？」

哥哥一邊抱怨，一邊不假思索地按下通話，但是這次他的表情瞬間開朗了起來。娜娜終於接電話了。哥哥對著娜娜說出他講了一整天的台詞。

「親愛的顧客，恭喜您當選！」

「中獎！」

我修正他的話。就說他是個沒墨水的傢伙。

「哈哈哈哈，開玩笑的。嚇到您了吧？恭喜中獎！」

哥哥斜眼瞪了我，然後修正他的話。

「叫他來領錢，跟他說還可以吃奶油綿綿。」

大叔著急地說。

「您有空的時候，可以來領取三百萬元獎金。」

「什麼有空的時候！叫他明天馬上就來。」

大叔邊說邊戳了戳哥哥的腰。

「請您明天馬上過來。什麼？明天不方便嗎？啊，這樣我們也很尷尬。因為我們沒有那麼多的時間，可以一直等一個不知道什麼時候才會來的人。我的意思是說，有可能會取消您的領獎資格喔！」

哥哥說了一些大叔沒指使的話。看他說謊說得多麼自然，一點都不會支支吾吾。甚至讓我因此瞄了大叔一眼，以確認哥哥說的是不是真的。

和娜娜約定明天過來餐廳後，哥哥掛上了電話。

「做得好，做得非常好。」

大叔青色的臉龐綻放出笑容。我再強調一次，大叔的臉一點都不適合有笑容。那只會產生一種奇怪的氛圍。

「老闆，我想先跟您說一件事。您要不要去醫院看看？」

哥哥看著大叔猙獰的臉，大叔轉頭避開他的視線。

「也是，畢竟您錢很多，應該會自己看著辦。那麼我就公告活動結束囉。」

哥哥公告完後，拿了豐厚的打工錢就離開了。

大叔從窗外望出去，他陷入了沉思。玻璃窗外面，遠遠的天上，有一顆特別大的星星閃爍著格外耀眼的星光。

「對我來說，那個人就像那顆星星，我總是徘徊在他的周圍。」

究竟是誰被大叔這樣愛著呢？明天終於可以見到他了。雖然跟我一點關係都沒有，但是想到可以見到他，我也很興奮。

當我睜開眼睛，大叔依舊望著窗外。黑夜褪去的天空，漸漸套上一層霧白色，接著天空越來越亮。

「你一整晚都沒睡？」

「我想要煮一份最棒的奶油綿綿，所以一直在努力備料。」

大叔用下巴指了指廚房。廚房的燈亮晃晃開著，我走進廚房看。大叔整晚都守在廚房，這裡還留著人的溫度。我突然覺得這股溫度，就像大叔對那個人的心意。他是如此想念著那個人。

奶油綿綿使用的食材整齊地擺放在水槽上。我看著貼在牆上的紙，畫著二十五個圓圈。現在我跟大叔能待在這裡的日子，只剩下二十四天。

「大叔，如果可以每天都見到那個叫娜娜的人，就還能見到二十四次。請他每天都過來吧。」

我大聲地說。大叔沒有多說什麼，只是靜靜地看著窗外。

「要不要今天就不接客了？」

我總覺得應該要這樣做。

「沒事，順其自然見到他就好。對，沒錯，順其自然。」

大叔深呼吸一次後，將身上的圍裙抖了一抖，走回廚房。接著，拿出早餐要吃的煎蛋還有番茄汁。

大叔連一顆蛋都沒吃完。只是一直小口吸著番茄汁。即使喝番茄汁，大叔還是一直用舌頭舔著嘴唇。那表示他既緊張又興奮，而且緊張到發抖。看到大叔那個樣子，讓我更加好奇那個人到底是誰。

吃完早餐，我將餐廳大門敞開，開始整理餐廳環境。溫暖又柔和的早晨陽光充滿了整間餐廳。拖完地板後，我將桌子也擦得乾乾淨淨。

「哥哥怎麼還沒來呢？」

我看了看時鐘，已經過了哥哥一邊咳痰一邊走來上班的時間了。

我站在門前，看著遠方忙碌的街道。公車一輛接著一輛停在公車站後又出發，人們湧進地鐵站，走在街上的每個人看起來都很忙碌。

這時間應該是學生們上課的時間。在校門前會有幾個快遲到，奔跑趕著上課的學生，這裡面應該會有秀燦。我想起了秀燦那頭毛躁又像鳥窩的後腦勺。秀燦每天都頂著鳥窩頭來學校，一開始女孩子們看到秀燦的後腦勺，就好像看到一個笑話。她們邊看邊笑，但馬上就對它失去興趣。遲到的孩子們趕忙進到教室後，運動場最末端的籃球場，就會被陽光照出長長的影子。在老師進入教室之前，教室裡孩子們竭盡全力放聲大吼到脖子都豎起青筋，還有人在教室裡跑來跑去。搞得整間教室吵吵鬧鬧。只不過是二十幾天前的日常，感覺卻像很久遠以前的記憶。

「John王已經超過他應該上班的時間了？」

大叔走到我面前說。

「他本來就不是那種值得信任的人。」

「是嗎？你總是這樣說，但經過這幾天的相處，我覺得John王不像你說得那麼壞。雖然他說話的口氣有點粗俗，但是也不代表這樣就是壞人啊。」

「你現在是在幫王道守，不對，是在幫John王講話嗎？」

這真的很讓人失望。

「不是，不是幫他講話，只是把我看到的說出來而已。」

「不懂就不要裝懂，我覺得很生氣！」

「是啊，你當然比我懂。你是不是說你有奶奶？看來你還沒問John王奶奶的事。你可以隨口問一下啊，問他家裡有什麼人，這種問題就是要試探性地問。」

「奶奶的事我一點都不好奇。我被爸爸趕出家門流落街頭時，奶奶一次都沒出來找過我。我是在寒冬中穿拖鞋就被趕出來的吔！有一次，甚至新聞都報了是十年難得一見的寒流，我也照樣被趕出去。那天晚上雪下得非常大，風也非常劇烈。我本來是身體貼在別人家的牆上避風，但是突然一陣恐怖感襲來，我說不定就這樣凍死了。但是也沒辦法回家，因為回家有可能會被爸爸打死。究竟被打死可憐，還是凍死比較可憐，我還認真煩惱了一下，但是我根本沒得選。對於十歲的我而言，冷死或者被打死，兩個都很可怕。你知道那時候我決定怎麼做嗎？」

我看著大叔。

「你決定怎麼做？」

「我家隔壁養了一隻狗。他們家沒有圍牆，用狗屋當作巷子與房子的界線。那隻狗是珍島犬混長毛犬，據傳聞說這種狗非常兇猛。就算你沒聽過傳聞也能知道，因為只要有人路過，牠就會皺起鼻子、露出鋒利的牙齒，光是那個樣子，就讓人嚇得冒出一身冷汗了。」

下暴雪那晚的事，就像昨天剛經歷一樣鮮明。

「實在太冷了我根本無法忍受，比起被凍死，還不如爬進狗窩裡。但是那隻凶狠的狗啊，就只是呆呆的看著我這個侵入者，我還以為牠會衝過來咬我。那天晚上我睡狗屋，那隻狗則傻傻地站在暴風雪中。」

「真是神奇，是因為狗狗心胸寬廣嗎？」

「這件事到現在都是個謎，不久之後，那隻狗就被偷走了。狗主人說一定是狗販子偷的。如果是這樣的話，那隻狗應該已經死了，被抓去煮成狗肉湯了。那天，我哭得非常厲害。那隻狗把牠所有的東西都讓給我了，有生以來，我第一次被這樣對待。也是我第一次因為別人而落淚。」

說著說著我的眼眶漸漸熱了起來，狗狗默默站著的側臉，浮現在我眼前。

「對啊，一定是狗狗心胸寬大。但是你被爸爸趕出來的那天，只有你自己一個人嗎？John王呢？」

「爸爸沒有像討厭我那樣討厭王道守。即使他喝了酒，也很少找王道守麻煩。我對爸爸跟奶奶而言，就是一個煩人精。」

大叔緩緩地點頭。我不懂他點頭是代表什麼意思。是理解我為什麼對奶奶不感興趣，還是理解我被奶奶跟爸爸討厭的心情。但是大叔的心裡話，對我來說並不重要。無論大叔說什麼，都無法改變我心中固執的心結。我活著的時候，就從來不曾希望誰來理解我。所以現在這個情況下，我也不抱希望。

「已經超過John王應該來上班的時間了。」

大叔說完話的瞬間，遠方的哥哥正背對著陽光若無其事地走進來。他的樣子就像「管他有沒有遲到，我一點都不在乎」。

哥哥看起來十分疲倦。眼睛下面的黑眼圈超級深，深到就像快掉到地板上。嘴唇則是乾裂到起角質皮。昨晚他是做了什麼事，怎麼把自己搞成這副德性？

「John王，去把最裡面的桌子擺上預約牌。預約人就寫娜娜。」

大叔跟哥哥說。

「就那樣。」

哥哥沒說話，寫了「預約席：娜娜」放在最裡面的桌上。好陌生的情境。如果是平常的他，應該會問「都給三百萬了，應該要提供VIP待遇」，不是嗎？

賣狗狗的錢花到哪裡去了？

一到十二點，客人們開始陸續上門。看來短短幾天內，這裡已經變成了附近的排隊名店。

大叔在料理的過程中，時不時探頭出來看。他昂首期盼著娜娜的到來，但是過了好久，娜娜都沒有出現。大叔的表情漸漸變得焦慮。

等到午餐時間結束都已經三點了。午餐時間過後，餐廳顧客變得稀少。

哥哥問：「要不要打電話問問？」

「不用，再等一下下吧。要自然一點才好。」

大叔藏不住焦慮的神情，並做出假裝壓手掌的手勢。

「不知道他到底是誰，真的很奇怪。要是我的話，應該天還沒亮就跑來了。三百萬又不是隔壁小黃的價格。我賣過狗，所以我知道狗值多少錢。十五歲的時候，我偷隔壁的狗去賣，那個狗販子非常吝嗇。狗換不到幾毛錢。那時我才知道，原來狗那麼便宜。」

聽到哥哥這段話，我差點尖叫出聲。如果大叔沒抓住我的手臂，我就會扭斷他的脖子。

我想起那隻靜靜站在茫茫大雪中、全身被雪覆蓋的狗。那隻狗在死之前，會知道是我哥哥把牠抓去賣給狗販子的嗎？當然知道吧。因為他是每天早晚都會見到的人。我的內心深處，一股不知如何形容的情緒，像龍捲風般席捲上來。如果說這就是悲傷的感覺，那麼心臟未免也太痛了吧。但如果說這只是單純的疼痛，那為什麼心中會有種憤怒感湧來。

「壞人！」

我對著哥哥發飆。如果跟平常一樣，哥哥應該會說「你瘋了嗎」，然後把手指放在頭旁邊轉圈。但是他看起來非常疲倦，沒有做出其他特別的手勢。

「賣狗的錢花去哪了？」

我緊咬著牙問。其實有問沒問都一樣。

「活動……」

正當哥哥的嘴巴蠕動著好像要說什麼時，一個高個子、長髮女子邊說邊走進了餐廳。

「請問您是娜娜嗎？」

哥哥快速上前詢問。

「是的。」

當那個叫娜娜的女人回答時，大叔的表情瞬間變得無法言喻，極度猙獰。

「老闆，人來了。歡迎您！我們另外為您準備了預約席。」

哥哥誇張地接待客人，並指引她往預約席走去。

「呃，其實沒必要做到這種程度……」

「這是必須的，因為您是贏得三百萬元的人。老實說，三百萬也不是隔壁狗狗的身價嘛。」

哥哥說出這句話的時候，我的腦袋中就好像有一股蒸氣迅速湧上。

娜娜環視看了看餐廳，接著小心翼翼走向預約席。

「稍等一下。」

這時大叔衝向娜娜，粗魯地抓住她的手臂。

「您是怎麼知道奶油綿綿的？奶油綿綿的材料，世界上只有兩個人知道。應該只有兩個人知道才對，您到底是怎麼知道的？」

大叔用質問的語氣問娜娜。看來娜娜不是大叔苦苦等待的那個人。

「什麼啊，活動辦得好好的，為什麼這樣？是不想給三百萬元嗎？這可不行！而且是用我的帳號Po文的，這樣只會讓夾在中間的我很丟臉。既然說會給錢了，就應該爽快給吧？可惡！如果那個女的把這件事傳到網路上，簡直就是世紀大慘劇，有夠丟臉！」

哥哥著急地腳底冒火。

「問妳是怎麼知道奶油綿綿材料的？」

大叔繼續追問娜娜。

娜娜問：「您是這間餐廳的主廚嗎？」

「對，我就是這家餐廳的主廚，也是做出奶油綿綿的人。快說，妳為什麼知道食材是什麼？」

大叔心急地沒再說敬語。娜娜從下到上打量著大叔。

「那大叔您又是怎麼知道奶油綿綿的做法？依照您的說法，世界上應該只有兩個人知道啊。」

這次換娜娜反問大叔。

「是我先問的吧。」

「您先回答我。」

大叔跟娜娜的眼中都冒出火花。

「喂！」

哥哥敲了敲我的手臂。

「這兩個人為什麼那樣？」

我也好奇他們為什麼那樣。

「奶油綿綿該不會是專利商品吧？老闆跟娜娜其中一人偷了專利嗎？對啊，沒錯，一看就知道兩人其中一個是小偷。居然做出這種事，為什麼要偷別人的東西？有夠無恥！」

哥哥用舌頭發出嘖嘖聲。

「這應該不是偷狗賊說的話吧？」

「這時間點為什麼會提到狗的事情？」

哥哥突然生氣。

「妳認識徐智英嗎？」

大叔問娜娜。

「那您認識李民碩嗎？」

娜娜反問。

「妳跟徐智英是什麼關係？是她要妳來的嗎？」

「那麼您跟李民碩有關係，對吧？我必須先弄清楚這件事。」

兩人繼續問對方問題，但是看起來沒人要先回答。

在漫長的鬥嘴中，是娜娜先畫下句話。她跟一開始就沒打算拿三百萬的人一樣，一句三百萬都沒提到就起身離去。大叔看娜娜毫無留戀，追到餐廳門口抓住她的手腕。

「請告訴我徐智英的聯絡方式。」

「這我沒辦法，我哪知道你是怎麼樣的人？」

娜娜用力甩掉大叔的手。

「幫我轉告她，這樣做是無法解決事情的。李民碩是絕對不會放棄的。徐智英知道這件事還叫妳來？如果她不來的話，我會用盡方法找到她。」

大叔對著已經轉身的娜娜說。娜娜裝作沒聽到，踩著碎步離去。

「老闆，你們其中一個是小偷，對吧？偷別人專利是一件非常可恥的事。」

大叔沒回答，而是雙手抱頭走回房間。

「今天餐廳就關門了。所以，你走吧。」

我對著哥哥擺出快點走的手勢。

「為什麼？晚餐不做生意了嗎？」

「他現在不是可以煮菜的心情啊！」

我用下巴指了指房間。

「薪水呢？」

哥哥伸出手。我算了從早上到現在總共四小時的薪水，他仍強烈表達不滿。哥哥說，本來打算工作到晚上的，因為老闆私人原因所以沒辦法工作，要我們賠償他到晚上七點的薪水。我不想跟他爭論，也不想跟他兩眼互瞪爭得面紅耳赤。

「好好過日子啊。」

我把薪水丟在哥哥前面的桌上。

「小子，錢這個東西，是不能隨意對待的。」

哥哥小心翼翼地把錢收了起來。

「我可以問你一件事嗎？」

我看著哥哥問。

「隨便你問。」

哥哥把口水沾到手指上後，數了數錢並放進口袋。

「賣狗的錢花去哪了？」

「你知道這個要做什麼？」

哥哥快速仰起頭來盯著我看。

「只是好奇而已，做那種壞事換來的錢，會花去哪呢？該不會買衣服？還是去夜店玩？」

「那時我才十五歲，去什麼夜店？已經很久之前的事了，花去哪早忘了。才幾毛錢而已。」

哥哥拍拍裝著錢的口袋。

「壞傢伙！」

居然說沒幾毛錢。這句話刺進我心裡，我用手背擦了擦發酸的鼻梁。

「什麼？壞傢伙？你是瘋了嗎？對你好一點，就爬到頭上了。你罵誰呀？」

哥哥把手高高舉起。我把頭頂到他面前。打啊，你打啊！隨便你怎麼打！如果因為我挨打，能讓五年前死掉的那隻狗狗安息，被打得落花流水也沒關係。

原本以為哥哥會打我的頭，但是他不知道忽然想到什麼，只是把手放下，拍了拍襯衫的衣角。

哥哥離開之後，我把餐廳大門關起來。現在外面的天色還很亮，但是餐廳裡落下一股深夜的寂靜淒涼感。

我望向窗外，公車站與地鐵站跟早上一樣繁忙。現在這個時間，是學生們下課回家的時間。從前後校門出來後，有些人回家，有些人則是去補習班。有些走向小吃店，有些走向市場旁陰暗的小巷。進到小巷的學生們會叼著香菸，豎起脖子上的青筋，咒罵著今天不合心意的老師。秀燦也會在那裡。抽完菸之後，秀燦會去店裡外送炸雞。其他同學的臉我已經記不得了，唯獨秀燦的樣子鮮明地浮現。

秀燦知道我偶爾會偷騎他們家的摩托車，但是他會裝作不知道。而且他知道我沒駕照，他好像知道我騎車的時候有多麼自由。所以才這樣放任我騎。

我跟秀燦之間，有一種不說也能互通的感覺。秀燦騎車送餐差不多兩個多月了，本來是秀燦的媽媽在送餐，後來不知道為什麼換秀燦在送。總之，每當秀燦不想送餐的時候，我就能偷騎車。騎著摩托車迎風奔馳之後，我會把車子停在那個陰暗的小巷。然後秀燦再去把車騎回去。無論在學校或在社區裡，秀燦跟我都不會講話。即使遇到對方也會裝作不認識。但我們是分享一個大祕密的共犯。

我們會如此信任對方，是因為我們有一個共同點，秀燦家剛在我們社區開炸雞店時，我跟秀燦是國小一年級。即使我很後來才知道，我們雖然同年級，但是秀燦比我大一歲還是兩歲，只是我不知道為什麼他會比其他人晚入學。

好像是某天，我在他們家炸雞店前看到他被他爸爸毒打。每當瘦到皮包骨的秀燦被他爸爸用厚實的手搧巴掌，不是一屁股跌坐在地，就是跌倒撞到頭。我常常看到這個場面，每當這種時候，我都希望我是超人。可以把被打爆的秀燦夾在我的手臂跟側腰之間，直飛上天。

秀燦也看過我被我爸爸打，還有我被趕出門。秀燦沒有像我這樣安慰過我。雖然他可能跟我一樣也想成為超人，但是畢竟我們沒聊過天，所以我不知道。

我們只是對視著，即使沒有對話，也能感受到同道中人的情誼。秀燦唯一比我好的地方，就是他有媽媽。偶爾當秀燦挨打時，他媽媽會出來勸阻。秀燦的媽媽跟秀燦一樣瘦小，秀燦的媽媽？講到秀燦的媽媽，我好像想起某件事情。感覺像一個東西卡在那邊堵得慌。

——砰砰。

這時房間門被打開了，大叔走向廁所。

「我不能就這樣放棄。」

大叔去完廁所回來，拉了張椅子坐下來說。

「那個叫徐智英的人，就是大叔真正想見的人，對吧？」

「我們還剩幾天？」

大叔沒有回答，只是看向牆上的紙。一、二、三、四……大叔用眼睛數著圓圈。

「為什麼娜娜不告訴你徐智英的電話？她們明明是認識的吧。」

大叔依舊沒有回答我的問題。

「絕對！絕對不會放棄。」

大叔好像下定決心，他緊緊握著拳頭，眼睛閃著強烈的光芒。我實在沒辦法說明，但是那個眼神讓人感到恐懼。跟他相處超過二十一天，我還是第一次看到這種眼神。不久後，大叔就逕自走進房間。

我將錢桶打開拿出錢，放進了冰箱旁邊的大塑膠袋裡。這段時間賺的錢，已經快裝滿半袋了。

「還有食材嗎？」

我打開冰箱。比起我們剛到餐廳時，冰箱裡的東西明顯少了很多。

我也環視了這間廚房，在這二十五天，我除了煎兩次蛋跟洗三、四次碗之外，就沒有進來過。這個地方是只屬於大叔的領域。廚房裡非常整潔，連今天中午的碗盤都洗得乾乾淨淨的。抹布是乾淨的白色，水槽則是光滑到發亮。除了放在檯上晾乾的碗盤外，其他碗盤都有秩序地整齊排列在水槽上。大叔是一個完全具備廚師應有美德的人。手藝很好、保持乾淨，一個對自己如此徹底要求的人，通常不會對他人犯錯。但是他剛剛對待娜娜，就好像對待仇人一樣。他們看起來就不像是冤家，到底藏著什麼祕密呢？

小偷

哥哥長達五天都沒有來上班，我跟客人借了幾次手機打給他都沒接。真是的，那個傢伙對我一點幫助都沒有。幫助就別提了，還讓我非常掛心。

大叔像望夫石一樣等著哥哥，看來他很好奇娜娜的電話號碼。偶爾光顧一次的白髮奶奶也像約好的一樣，很久都沒來了。大叔原本就鐵青的臉，絕望又可憐到我實在看不下去。鐵青的臉變成紫色，然後變成深青紫色。如果再這樣下去，我覺得不用二十一天，他可能連幾天都撐不下去。

「我覺得今天還是不要開門吧。客人們看到你的臉，都會抱歉到吃不下東西。」

「不行。」

「你自己照照鏡子吧。」

「總之今天不能不開門。」

「我覺得這樣無濟於事。」

大叔深深陷入錯覺中。認為如果餐廳開著的話，娜娜跟那個叫徐智英的人就有可能會來。依我看來，那個機率趨近於零。

「你去找找看你哥到底人在哪，為什麼他不來上班？」

大叔說。他的聲音很尖銳，雖然我不是不理解大叔現在的心情，但是到底要我上哪找哥哥？又要去問誰，才能知道他為什麼不來上班？

那個叫哥哥的人，即使我總是埋怨他，但另一方面，我也有點好奇他現在在做什麼。

「就像風一樣快速流逝啊，這時間。」

大叔又畫下一個圓圈後，有氣無力地放開手，筆就這樣掉在地上。

不知道是不是好幾天沒好好睡覺的緣故，大叔可能累了，早早地就進去房間。我的身體也像吸了水的棉花一樣沉重，我將燈關掉，躺在桌子上雙手打開。

再次睜開眼睛，是因為我一直聽到哐啷聲。睡夢中，我還在想是不是我沒有把窗戶關好。沒關好的窗戶，因為風吹才一直發出聲響。我懶得起來，所以閉著眼睛翻來覆去。反正窗戶開著也不會有什麼大問題。

——碰！

接下來的聲響讓我再次睜開眼睛，等到眼睛逐漸適應黑暗後，我看見廚房的窗戶旁邊隱約有影子在晃動。那是人的影子，我突然清醒過來。是小偷！我應該要放聲大叫，但是我的嘴巴就像被黏住，張也張不開。身體也像冰塊一樣凍住了。

那個影子偷偷摸摸地走進廚房，發出窸窸窣窣的聲音，哐啷啷！鍋子掉到地板上，發出了響亮的聲音。接著，所有的聲音再次靜止。看來小偷被鍋子的聲響嚇到了，室內流淌著令人膽顫心驚的寂靜。

不知道過了多久，廚房再次有了動靜。窸窸窣窣，小小的動靜變得越來越大膽。看來小偷認為房子的主人已沉沉睡去，才對發出的聲音沒反應。

——沙沙沙。

好像是在拖東西的聲音，我的直覺告訴我，那一定是錢袋。

這下該如何是好呢？我要清一清嗓，咳嗽一聲，讓小偷逃跑嗎？如果咳嗽之後，小偷沒逃跑反而撲上來呢？如果這樣會很尷尬。但是我也不能放任他拿走錢袋。不對，反正那袋錢對我跟大叔來說也是無用之物，讓他拿走又如何？不對，不對，不行！那可是我們每天辛苦賺的血汗錢，如果讓身分不明的小偷拿走，豈不是太委屈了。

——砰砰。

幫我解決煩惱的人是大叔，大叔好像打算去上廁所。就算小偷再怎麼厲害，二對一還是有勝算。現在就是最好的時機。

「有小偷！大叔廚房有小偷！」

我奮力疾呼。

呼噠噠噠噠！我聽到呼嘯的風聲，那個影子掛在窗戶邊緣。我不由自主地跑過去撲向影子。小偷想要甩開我，我為了不讓他跑掉，緊緊地抓住他的衣角。

當大叔打開廚房燈的那一瞬間，小偷推開我跳出了窗戶，然後消失在黑暗中。

「這是怎麼一回事？」

大叔嚇到合不攏嘴。

「他來偷這個。」

我指著在廚房中間的錢袋。這時候我才意識到，我手裡抓著的東西是兩顆釦子。

這應該是剛剛抓住小偷襯衫時拔下來的。

大叔將錢袋推回冰箱旁邊放好。

「怎麼可以把東西放回小偷知道的地方？這不就等於叫他拿走嗎？請拿到房間去吧，然後以後請關好窗戶。每次都說要換氣，打開之後就隨便闔上了事，都沒有鎖起來吧？」

「反正這些錢十九天之後也帶不走。」

大叔呆呆地看著錢袋。

「是這樣沒錯，但畢竟是錢，還是要好好保管吧。」

我將錢袋拖到房間，安放在一個角落後，出來將窗戶鎖好。接著才仔細地看著手上的兩顆釦子。我第一次看到卻不陌生。黑色的底、畫著小小咖啡色水滴的釦子。這我明明在哪看過。

關燈轉身的那一瞬間，我突然當頭棒喝，想起哥哥穿的襯衫。沒錯，這不就是他襯衫上的釦子嗎？

「我就知道會這樣。」

我緊緊握住那兩顆釦子。看來他就是因為這樣才會幾天都不見人影。這個情況根本完美符合我認為白髮奶奶跟哥哥是共犯的推測。這幾天我也沒看到白髮奶奶。

整個晚上我都睡不著，真的是好傻眼，每當我說他是個討厭的人，他就真的每次都挑令人討厭的事做。我活著的時候就不曾讓我有好日子過，連到最後都黏在我身邊惹我煩。雖然他應該做夢都沒想到我是王道英。總之，我跟哥哥前世一定是傳說故事裡的狗跟貓。就是那個叼著珠子過江，結果珠子掉到江裡的狗與貓。牠們兩個是冤家。這樣一想，這個比喻真的非常貼切呢。

我就這樣半睡半醒，天亮了。大叔說要煎蛋給我吃，便走進了廚房。我就坐在椅子上盯著釦子看。

「你在看什麼？」

大叔端著兩個煎蛋跟蘋果汁走出來問道。

「這是昨天從小偷的襯衫上拔下來的釦子。」

「是嗎？你跟小偷打架？幹嘛做那麼危險的事？」

「我也是不自覺身體就先撲上去了。」

「直接撲上去嗎？看來你有充滿正義感的一面呢。」

也不是，雖然我活了十五年沒做過壞事，但也不是那種不能容忍不公不義的孩子。畢竟我偷騎秀燦家的摩托車也裝作沒事。

我本來想跟大叔說釦子是哥哥的，但是想了一想還是作罷。畢竟上次發生過錢桶事件，我怕被大叔說沒證據又給他弄出尷尬的事。雖然釦子也能算證據，但是從另外一個角度想，誰也無法保證小偷是不是跟哥哥穿了一樣的衣服。我需要更明確的證據。

大叔說：「只剩十九天了。」

「對。」

「時間過得真快，對吧？」

大叔最近很常說「時間過得真快」這句話。大叔沒有繼續接下去說。

我將煎蛋一口塞進嘴裡，一口氣把蘋果汁喝光。接著將窗戶完全敞開，打算開始打掃的時候，嘎吱！大門被打開，一個頭探了進來，是白髮奶奶。現在這個時間點奶奶為什麼會出現？我感到一陣混亂。小偷跟共犯不是應該躲好嗎？

「歡迎光臨。您之前怎麼都沒有來？我們等您好久了耶。」

大叔應該作夢都想不到白髮奶奶會跟小偷是共犯，開心地迎接她。

「每次都來白吃的人，有什麼好等的呢？大家都還好吧？」

白髮奶奶環視了餐廳一周。那個樣子跟平常有點不一樣。之前她進餐廳都會直接坐在桌子前，今天怎麼感覺對餐廳有點陌生呢？此時，我突然有了個想法。

——犯人一定會回到犯罪現場！

沒錯！就是這樣！白髮奶奶是代替哥哥回犯罪現場確認的。看看我們有沒有發現犯人是哥哥、有沒有警察過來、沒偷成功的錢現在放在哪裡，這些事他們一定很好奇。哥哥應該是來不了吧。因為他的釦子掉了。白髮奶奶有可能會想知道哥哥釦子的事。我下定決心不提釦子，適當地看看她的反應。

「有什麼事情嗎？」

我跟大叔同時問。

「不是……就……那個打工的去哪了？」

就是這樣！我就知道她會先問關於哥哥的事。因為他們最好奇的一定是我跟大叔到底知不知道昨晚出現的犯人就是哥哥。

哥哥人在哪裡奶奶您應該更清楚吧，怎麼會來問我們呢？明明就是怕我跟大叔發現哥哥就是小偷，所以才來確認的，不是嗎？

我的喉嚨癢到不行，好想脫口而出。

「我才想問問您，John王已經好幾天沒來了。」

大叔說。

「嗯？是嗎？」

奶奶假裝擺出驚訝的表情。

「也不接電話，不知道是不是換號碼了。可以麻煩您告訴我他的電話嗎？我想要確認他是不是換號碼了，真的太鬱悶了。啊，對了，既然他是您介紹的，您應該也知道他住在哪吧？可以麻煩您去他家一趟嗎？」

「連說都沒說一聲就沒來上班？明明知道餐廳很忙，為什麼還這樣？沒責任感！」

白髮奶奶擺出驚訝的表情。唉呦喂呀，看那高超的演技，演員都羨慕到哭出來。

「請幫忙去他家看看吧，轉告他即使不想工作，也來一趟再走。我會給您酬勞。」

大叔緊握奶奶雙手，請求她。

「我也不知道他住在哪。」

白髮奶奶搖了搖頭。

「您跟他不是很熟嗎？所以才介紹他來。」

大叔誠懇地晃了晃握住的雙手。

「是我介紹的沒錯，但我也是那天才在醫院認識他的。我從自動販賣機買了杯熱咖啡喝，結果有一個年輕人居然看著我嚥口水。看他好像是想喝咖啡，所以我就買了一杯請他。一杯才不過十元而已。對陌生人釋出善意，這種程度的小錢沒關係。結果他還幫我提包包，真是一個親切的傢伙。所以我們就東聊西聊，才知道他在找工作。好像是因為家裡有人生病需要錢，所以我才介紹他來的啊，而且你不是剛好也拜託我找找有沒有人要打工。」

「那麼您也不知道John王住在哪嗎？」

大叔失望到就像馬上會哭出來一樣。

「就跟你說不知道了。嗯，電話在這。在醫院答應幫他找工作時，有存在我的手機裡。」

白髮奶奶遞出手機。那是哥哥原本的電話號碼。

白髮奶奶說下次再來後便走出餐廳。我跟著白髮奶奶走出去。

「前幾天，您來店裡吃大醬湯的那天。您不是在John王耳邊說了悄悄話嗎？您們不認識卻有祕密？因為在我眼裡，您們看起來可是非常親近。」

我用嘲諷的語氣說。哼，奶奶現在應該自認演技很完美，內心正在竊喜吧？大叔完全被騙過去了，但是現實社會可沒這麼好混。

「我跟John王說悄悄話？我沒有啊。」

她連眼睛眨都沒眨，就裝作沒這回事。

「您仔細想想，就是您把飯拌在大醬湯裡吃完的那天啊。那天您一個人來，沒跟朋友們一起來。」

「我現在年紀可是大到一轉身都有可能忘記自己年齡跟名字了，怎麼可能還記得幾天前的事？等你到我這把年紀就知道了，十個人有九個人都這樣。」

看來她是使出渾身解數，想用年紀當藉口甩開我。我可是看得清清楚楚。明明也有很多國家的總統都是白髮奶奶這個年紀。不是所有事情都能靠年紀解決的。

「John王站在櫃檯前，您看著周圍人的臉色，偷偷摸摸地靠近他。就像這樣。」

我把那天白髮奶奶做過的動作，演一次給她看。

「啊，那天喔。」

白髮奶奶這下才點點頭。看來她是決定既然都到這個地步，該承認的就承認，然後離開。

「您跟他說了什麼？那天您跟John王的臉色都不太好，是發生了什麼事嗎？正好從那天之後，John王就沒來上班了。您也是。您知道今天是那天之後，您第一次來餐廳嗎？」

「我有這樣嗎？」

白髮奶奶看著天花板思考，再強調一次，她的演技真的超專業。只不過對我是行不通的。

「我不知道能不能說耶，如果之後打工的知道了，可能會傷害到他的自尊心。其實他跟我借了一些錢，說之後打工會還我。我瞭解他的處境，但是我也沒錢，甚至還想說要不要跟朋友借。可是我沒有一個朋友身上有閒錢，所以我是來跟他說這件事的。」

「他向您借錢？」

「對啊。」

「為什麼？」

「因為有人生病需要醫藥費。我在醫院聽他說過。」

「您是信任John王哪點，為什麼還幫他跟您的朋友借錢呢？」

「你到底想從我這邊打聽到什麼？好像警察在審問犯人。有什麼好不信任的？一看就知道打工的不是什麼壞孩子。」

哈哈，奶奶還真是沒有看人的眼光啊！奶奶您可知道，那個打工的可是一個非常壞的孩子。

「誰生病，他才這樣到處借錢呢？」

「不知道，沒聽他說。那間醫院大部分都是老人家，應該是老人家生病了吧。」

「哼，John王才不是會為了籌誰的醫藥費而去打工，還有跟別人借錢的善良傢伙。」

我想要表明這一點。如果白髮奶奶跟哥哥不是共犯，那她就是被哥哥騙了。如果他們兩個是共犯，那我要再強調一次，奶奶的演技真的非常高超。我依舊懷疑白髮奶奶。但奇怪的是，我內心某個角落有一個想法在悄悄發芽：說不定白髮奶奶說的是事實。如果是真的，那麼是誰需要醫藥費呢？該不會是奶奶？

哎呀，怎麼可能。奶奶可是到了這把年紀都不太會感冒的健壯人士。腸胃也超級健康，從來都沒拉過肚子。如果吃了石頭，應該都有辦法消化吧。奶奶如此健康，沒理由會生病。而且就算奶奶真的生病了，哥哥也不是會積極站出來幫忙籌醫藥費的人。

「就算奶奶生病又怎樣，跟我有什麼關係。」

我搖一搖頭把奶奶的臉龐從腦海中消除，萬一，就算萬一奶奶生病了，也跟我沒有關係。我被奶奶討厭的心情，還有我討厭奶奶的心情，就像冰塊般凍在那裡。不管用什麼都融化不了。

白髮奶奶回去之後，我的腦中一陣雜亂。但是隨著時間過去，我再次堅信哥哥跟白髮奶奶是共犯。被白髮奶奶的演技騙了這件事，讓我覺得非常委屈。

還以為你是一個沒眼淚的孩子

灰撲撲籠罩著的天空，終於降下大雨。街道瞬間被捲入暴雨之中，最近常常下雨。雨下得那麼大，看來今天店裡應該也是門可羅雀。

跟我想的一樣，即使到了午餐時間餐廳仍然清閒。雨水順著廚房的玻璃窗流下，大叔呆呆地望著窗外。疲倦的大叔背上披著日光燈的燈光。今天大叔穿著深藍色的襯衫，看起來格外明亮。

這時候大門被打開，今天的第一位客人走了進來。是一個看起來三十七歲左右的男子，這位客人該不會瘋了吧，在下雨天穿了一件亮白色的牛仔褲配靛藍色水滴圖樣的白襯衫。

「奶油綿綿，謝謝。」

男人瞅了一眼廚房，便坐在最裡面的座位後點了餐。

「奶油綿綿。」

我向著大叔大喊了一聲，他連有客人進來都沒發現，依舊看著窗外。

「啊。」

大叔此時才像打起精神，猛烈地左右晃了晃腦袋，然後走到水槽前面，找出放在深處的平底鍋。

原本餐廳裡的空氣潮濕又冷清，隨著奶油綿綿的香氣飄散出來後，便覺得溫暖起來。男人在等待料理上桌時，一直不停地窺視廚房。雖然這沒什麼，但是不知道為什麼，我覺得他的行為很奇怪。

「上菜囉。」

不久後，大叔喊。我將奶油綿綿端到男人桌上。

「我可以見一下主廚嗎？」

男人說，他好像對放在桌上的奶油綿綿一點興趣都沒有。我走向廚房，將男人的話轉達給大叔。大叔用乾抹布擦了擦雙手，接著走向男人。男人尷尬地起身迎接大叔。

「您找我？」

「是的，如果您不忙的話，可以坐下來……」

男人話還沒說完，大叔就在男人對面坐下。

「請問有什麼事嗎？」

「與其繞圈子，我就直說了。您跟李民碩是什麼關係？」

聽完男人的話，大叔原本微低著的頭馬上抬起來。

「您認識徐智英嗎？」

大叔的聲音在顫抖。

「對。」

「您怎麼會認識徐智英？」

大叔的表情變得越來越驚訝，僵直在那裡。突然間，大叔站起來，走到男人身邊。然後仔細地端詳男人的側臉。為什麼要這樣看著別人？連看著的我都覺得錯愕。

「原來是你！」

大叔突然拍打了桌子。

「你為什麼要來找我？」

大叔提高了聲量。

「是我先問的，請問您跟李民碩是什麼關係？我必須先知道這件事，才能表明我的來意。」

「是什麼關係難道就那麼重要嗎？是什麼關係並不重要，並不會影響我們談話的重點。因為我根本一點都不想見到你。」

大叔的聲音大到本來打算走進來的客人，照著原路退了出去。我實在不知道為什麼，大叔只要生氣就會忘記敬語。這是一個會讓對方心情變得很糟的壞習慣。

「是什麼關係很重要，我要知道你們是什麼關係，才能判斷要講到哪裡。」

男人很冷靜，且依舊恭敬地使用敬語。

「是嗎？既然你那麼好奇，我就告訴你吧。」

大叔的嘴角上揚，表情充滿了諷刺。

「我就是李民碩，李民碩就是我。」

「什麼？」

男人皺起鼻梁。

「意思就是，你想說什麼就全說出來。」

「啊，好的，看來您們兩位關係匪淺。好的，我今天來找您的原因，就是我從敏珠那，不對，娜娜那裡聽到一些事情。」

「娜娜？啊，原來如此。娜娜也是你派來的啊。」

「我聽娜娜說，李民碩表示他不會就此放棄，我真的非常想見他，有辦法讓我跟他見一面嗎？」

「跟我說就可以了，我不是說了嗎？我就是他，他就是我。」

大叔緊咬著牙齒，發出粗重的喘氣聲。

「我想見他本人。」

「你真的聽不懂人話，就說我就是他，他就是……」

「我明白了。看來您就是不想讓我見他。那麼請幫我轉告他，請他停止這些行為。再這樣繼續下去也沒用的。不會有用。」

男人加重語氣說完後，就站了起來。

「什麼叫做沒有用？」

「看到我介入那麼深，應該就能瞭解了吧。就是說即使他用這種方式，也絕對不能改變什麼。」

「絕對不能改變是徐智英說的嗎？還是這只是你的想法？」

大叔泛起殺氣騰騰的微笑。那個微笑冰冷到令人驚悚。

「請跟他說是徐智英的想法。徐智英渴望自由。」

「自由？是你想要她的自由吧。總之，先讓我見智英一面，我再幫你帶話給李民碩。叫智英來這裡。」

「您想要見智英嗎？」

大叔對男人點了點頭。男人稍微露出苦惱的表情後，緊接著便搖頭。

「徐智英應該連您都不會相信的。因為這種事李民碩已經做過很多次了。每當徐智英不願意見他……總之，請幫我將徐智英的話好好轉達給他。」

「那好，我答應你只有我一個人，李民碩連個影子都不會出現。」

「她應該不會相信。」

男人連一口奶油綿綿都沒吃就離開了。

「她應該很清楚，我不會放棄的！」

大叔對著男人的背影大喊。男人沒有回頭。

等男人離開之後，大叔癱坐在椅子上，呆呆盯著桌上的奶油綿綿。

「今天就關門吧。」

大叔從位置上站起來後，回到了房間。

當我準備拿奶油綿綿進廚房時，大門被打開了。一個身高不高、穿著咖啡色雨衣的人走了進來，雨衣的帽子遮住他半張臉。從他穿的運動鞋看來，應該是男生。被雨淋濕的運動鞋不停地漫出水來。

「今天我們已經關門了。」

如果他穿著那身衣服走進來，地板肯定變得濕答答。一想到還得打掃，就讓我皺起眉頭。在這種天氣打掃非常煩人而且麻煩。

那個男生脫下帽子，我看到那張臉的瞬間，差點就要脫口而出：秀燦啊！秀燦來了。

「我來買……奶油綿綿。」
秀燦露出困惑的表情，他應該是在想要跟我說敬語還是不用敬語。
「可以外帶嗎……請問？」
我看著手上的奶油綿綿。那個男人連動都沒有動過，給秀燦應該沒關係吧。
「等一下。」
我走進廚房想找適合裝奶油綿綿的碗。我不知如何是好，盤子一直從手中滑掉。
我完全沒想到會見到秀燦。他有拿到壞掉摩托車的賠償嗎？他會不會因為沒顧好車被爸爸打得半死，許多想法瞬間浮現在我腦海中。
「我媽媽吃過，她說真的很好吃。她說吃完之後全身很舒暢，想要再吃……一次。」
秀燦的聲音一聲聲重擊在我的後腦勺。
「我也十五歲，不用說敬語。」
我背對著他說話。秀燦沒有多說什麼。
「今天不用去學校嗎？」

現在這個時間，他應該待在學校才對。

「今天是星期六。」

秀燦用低沉的聲音說。

「是喔，我不在意今天是星期幾，因為我沒上學。」

我一直覺得該隨便聊些什麼。雖然不懂為什麼我會有這種想法。

「嗯。」

「一個月前我都還有去學校，只是現在不去了，因為一些私人原因。找到了！」

我終於找到剛好適合裝奶油綿綿的容器。

「原來如此。」

「不好奇是什麼原因嗎？」

「不怎麼……」

秀燦話說到一半，不打算繼續說。

「生病了嗎？」

不久後，秀燦問。他的語氣聽起來很小心。看來他是看到我的氣色之後，覺得我沒去上學是因為生病。

「不是，是因為出了意外。車禍。」

我將裝著奶油綿綿的碗遞給秀燦。秀燦戴上雨衣的帽子，接過奶油綿綿之後，翻了翻雨衣的口袋拿出錢來。雨水從他的身上不停滴落。

「沒關係，不收錢。直接拿走吧。」

「為什麼？」

「反正今天不做生意，也沒人要吃。」

「但是……」

秀燦沒辦法輕易放下拿著錢的手。

「可以直接拿走，真的沒關係。」

「很不好意思……」

「沒什麼好不好意思，啊，不對。如果覺得不好意思的話，就把這個想成摩托車壞掉的部分賠償金。」

我說完之後想說糟了，我不自覺就順口說出來。秀燦的眼睛睜得大大的，我的腦袋開始快速轉動，思考著該如何處理這個情況。

「你知道我家摩托車壞掉了？但是為什麼是你要幫忙付錢？」

在我想到合適的藉口之前，秀燦先開口問了。

「嗯？啊……你問我為什麼知道嗎？因為……道守哥！道守哥說的，他在我們餐廳打工。你認識道守哥吧？」

「道守哥？知道，道英的哥哥。他在這裡打工嗎？」

「嗯。雖然他沒說原因就突然不來了，但他在這裡工作過幾天。道守哥說，他弟弟把炸雞店的摩托車弄壞了。這就是為什麼，我們剛好很感謝他來打工。我代替他們家出一點摩托車錢，一點都不覺得可惜。」

「不用這樣也沒關係。」

秀燦小聲地說，那個聲音好像聽得見又好像聽不見。

「道守哥很認真打工啊，也是啦，他現在應該蠻需要錢的。而且還是非常多的錢。」

「道守哥家裡有什麼事情嗎？」

我驚訝地連忙問他。他總是覺得錢不夠，但是秀燦現在說的，應該不是同一件事。

「道守哥的奶奶生了重病。」

「他的奶奶？」

這就表示白髮奶奶沒有騙人。她不是在演戲，那些都是真的。

「說仔細一點。」

我緊緊抓住秀燦的兩個手臂。秀燦嚇了一跳，他的腳步躊躇後退了兩步。然後他用著訝異跟疑惑的表情看著我。

「因為道守哥在我們餐廳打工嘛，所以想說我應該也要瞭解一下，所以才這樣。如果他有哪裡需要幫忙，才有辦法幫他啊。」

我輕描淡寫地回答，意思是希望他不要太重視我的話。秀燦稍微猶豫了一下後才開口。

「雖然我不知道這種事情能不能跟外人說，反正這裡是道守哥打工的餐廳，他也沒說辭職就直接沒來。跟你們說一下他的狀況可能比較好。道守哥是因為要去醫院照顧奶奶，所以才沒辦法打工。奶奶的病情不太樂觀。」

秀燦話說到一半，舔了一舔嘴唇。

「其實啊，事情是這樣。」

他露出雨衣帽子的臉上，皺著眉頭，看起來很難過。

「不曉得你知不知道，既然你知道摩托車壞掉，那麼你應該知道吧。不久前，道英因為車禍……嗯，是騎車才那樣的……我當初應該阻止他的……」

秀燦哽咽著把話吞了回去。接著流下兩行淚水。從他的嘴裡開始發出嗚嗚嗚的聲音，然後大哭了起來。因為事情發生得太突然，我有點慌張。秀燦爆發的淚水，不像剛才那樣可以馬上停下來。

但是我沒辦法叫他別再哭了，也沒辦法安慰他。一如既往，我只是靜靜地看著他。看到他哭，我也內心一熱，心裡麻麻刺刺的。

秀燦哭了一陣子，才好不容易整理好情緒，再次開口。

「道英車禍死掉那天，奶奶昏倒了。她去醫院確認遺體之後，哭到昏倒。從那之後，她的身體就一直不好。我媽媽去探病過，說她只要清醒就會哭，一邊說著『道英啊，道英啊！』」

秀燦說著「道英啊」，然後又開始哽咽。

「你說奶奶傷心到昏倒？」

我再次跟他確認。難以置信。秀燦點點頭。怎麼可能？不可能！

奶奶每次看到我就希望我快點從她眼前消失，甚至希望我沒來到這個世界。她總是對我說這些話。奶奶看我的眼神，一直都充滿厭惡。我本來以為我死掉的話，奶奶會覺得心情舒爽。好混亂。但是秀燦不可能說謊。

「我媽媽說的，道英奶奶有時會失去理智。我也很想念道英，更何況是奶奶，她會有多想他呢？早知道就應該阻止道英騎車，我好後悔當初沒有阻止他。真的很後悔。」

秀燦的臉頰上又流下了好幾行淚。秀燦啊，你完全就是個水龍頭啊！明明被爸爸打的時候，一滴淚都沒有的人。我還以為你是沒眼淚的人。

「我會跟媽媽說這是免費的，謝謝你。」

秀燦將裝著奶油綿綿的容器抱在雨衣裡，然後把雨衣帽子往下拉。這點小東西有什麼好謝的。下次如果再來，我再請你吃。我們常常見面吧。我應該隨便說點什麼的，但我卻一句話都說不出來。秀燦自責自己沒有阻止我騎車的心情，一五一十地傳達到我這裡了。我也想哭。

「啊，對了，其實摩托車沒有壞得很嚴重。他們說道英抱著車子，就好像在保護車子一樣。看來即使發生車禍，他也在擔心我會因為車子壞掉被爸爸打。一定是的，明明不用這樣。只不過是台摩托車，再買就好了。對我來說，道英比摩托車重要多了。」

秀燦就像在自言自語般默默地說。但是那個聲音灌入我耳朵，比其他聲音都還要大聲。「對我來說，道英比摩托車重要多了」我從來沒聽過別人對我說這種話。不對，我甚至連想都沒想過。

聽到秀燦的真心，讓我就像被巨型恐龍的前腳踩到頭一樣，帶給我很大的衝擊。我甚至聽到心臟掉下來的聲音，碰！有一股未知的力量把我吞噬，那股感覺很陌生，而且瞬間讓我整個身體變得滾燙。

「呃。」

我的眼淚不知不覺也噴發出來。現在這個氣氛不是一個我可以哭的狀況。即使我的頭腦理解，還是沒辦法壓抑。我用雙手遮住臉，因為我的突發行為，讓秀燦感到驚慌。

「對不起。」

秀燦連原因都不知道，只是不停地道歉。

「沒關係。不是因為你，我是想到其他事情才這樣。」

我把眼淚擦乾，秀燦也把臉上的淚痕抹掉。

「那我走了，對了，如果你想找道守哥。他在漢拿醫院，奶奶在那裡住院。」

秀燦跑進雨中，我一直看著他的背影，直到看不見。

早知道就跟他當朋友，一起去上學、一起玩。他去送外送的時候也跟著去，當他被打的時候也幫忙攔住他爸爸。早知道就應該這樣相處的，這樣的話，我跟秀燦就能成為超級好朋友。我好後悔沒有這麼做。那些即使做了也沒有用的事情，讓我想了很久。

「我要跟秀燦說，我會死掉並不是他的錯。」

在四十九天結束之前，我一定要跟他說才行。如果不這樣做，秀燦會自責一輩子。我不能讓這件事情發生，因為這不是他的錯。

大叔等待的那個人

白紙上總共三十七個圓圈，今天仍然什麼事情都沒發生。就像無風無浪的海洋，汪然平靜的日常。在這日常中，大叔仍然焦急地等待著。他只要有空閒，就一直打電話給哥哥，但是哥哥依舊不接電話。

那天秀燦來過之後，我開始好奇奶奶的狀況。這個好奇心原本比種子還小、形狀也很模糊，但是隨著時間流逝變得越來越清楚，還在我心裡佔據一塊地，就像生了根了，動也不動。雖然我對奶奶的厭惡，不會因為這份好奇心而消散。我依舊討厭跟埋怨她。儘管如此，我還是忍不住想知道。

她到底病得多重？病情有沒有好一點？她真的那麼珍惜我而傷心到昏倒？

「我怎麼會有這種想法？」

我決定打消這個念頭，她是那個超級討厭我的奶奶。

我望向窗外，這個時間秀燦應該回家了吧？還是在小巷抽菸呢？我一邊咬著嘴唇，一邊看著時鐘。

「要不要打電話問問看？」

我想聽聽秀燦的聲音。而且我有話要跟他說，車禍不是他的錯。

我不知道秀燦的電話號碼，但是只要跟客人借電話搜尋「唐萬洞咕咕雞炸雞」，就能知道他們店裡的電話。我猶豫了一下，還是跟客人借了電話。

——喂，您好，這裡是咕咕雞炸雞。請稍後，馬上會有人員為您服務。答鈴鈴鈴，答鈴鈴鈴，喀嚓。

「您好，這裡是咕咕雞。」

話筒另一邊傳來一個響亮的男聲。我聽過這個聲音，是那個每次都對秀燦高聲大吼，憤怒責罵他的聲音。

除了爸爸的聲音之外，這是第二個讓我討厭到咬牙切齒的聲音。是秀燦的爸爸。

「請換秀燦……」

我話說到一半就停住，如果他問我為什麼要找秀燦、我是誰，我要怎麼回答？要說我是秀燦的朋友嗎？如果他問是哪個朋友呢？如果是朋友就打手機給他啊，幹嘛打店裡的電話？如果胡亂搪塞被秀燦爸爸懷疑就糟糕了。秀燦可能因此掃到颱風尾，我決定換一個方式。

「地鐵站附近可以外送嗎？」

「當然可以啊，請告訴我地點。」

「我們這裡叫九尾狐餐廳。」

「九尾狐餐廳嗎？這樣我們不太好找，請告訴我們地址或是準確的位置。我們可以快速送達。」

他對待客人真是非常親切呀，跟打秀燦的時候截然不同。

「從江頭站五號出口，往阿里郎咖啡店的巷子直走五十公尺左右，就可以看到九尾狐餐廳。請給我兩隻蒜香炸雞。」

秀燦爸爸說三十分鐘會抵達後掛斷了電話。

等一下秀燦就會送餐過來，想到可以再見到他，我的心就撲通撲通地跳。

——王道英會死那是他的命，不是你的錯。

我要這樣說嗎？不對，奶奶才會每次都拿八字說嘴。那種過時的用詞，沒辦法傳達出我的真心。

——王道英最喜歡的事情就是騎車，當他馳騁在街道上時，能感受到自由，所以沒關係的。

如果他問我怎麼知道王道英最喜歡騎車的話？啊，好難啊！

「王道英騎車的時候，應該是他最快樂的時候。因為我也是這樣，其實不是只有我，所有喜歡摩托車的國中生都一樣。所以你不用感到抱歉，王道英反而很感謝你喔。」

我編造一套還算有道理的話，並且練習了一番。

當我聽到外面傳來摩托車聲時，我像風般快速跑出去，但是送餐的人卻不是秀燦。原本滿漲到頭頂的期待感，瞬間像泡沫般破滅了。

「喔？」

我看到從安全帽中露出的臉後嚇了一跳。是那個女人。有著一頭雜亂毛躁捲髮的女人。九尾狐餐廳的第一個客人。

「原來你們也會點炸雞吃啊，你喜歡炸雞嗎？」

原本就很眼熟，卻一直想不起來，現在我才想起她是誰。是秀燦的媽媽。以前秀燦媽媽總是一頭長直髮，而且會緊緊束成馬尾。我從沒看過她其他的髮型，再加上她比之前更瘦了一點，所以我才沒認出來。

「是，我喜歡炸雞。」

喜歡什麼，我根本沒資格說喜歡或討厭。套一句奶奶常說的話，肉也要吃過的人才會找來吃。我根本沒吃過外送的炸雞，怎麼有辦法知道喜不喜歡？我頂多吃過學校營養午餐會出現的那種炸雞。

「是嗎？喜歡的話多吃一點。我看啊，你還是老闆都要多吃一點東西。不要整天埋頭於工作。只顧著賺錢，結果搞壞身體，這可是很委屈的喔。不用給我錢了，我每次都讓你們請客啊！」

秀燦媽媽把熱騰騰的炸雞放到我懷裡。

「怎麼可以，我會付錢。我們錢很多。」

「喔齁！我知道你們錢多，生意那麼好，當然錢很多。」

秀燦媽媽笑著搖了搖頭。

「這是心意啦心意。不要無視別人的心意，知道嗎？慢慢享用喔！」

秀燦媽媽轉身準備離開。

「秀燦呢？本來不是他在外送嗎？」

我快速地攔下她。

「你認識我家秀燦啊？」

「啊？對！之前他來買奶油綿綿時認識的，還有道守哥在我們這裡打工，所以有聽他說過。他說秀燦是他弟弟的朋友。然後是秀燦跟我說，都是他在送外送。」

「原來是這樣啊。也真的很感謝你們。我那天病得很嚴重，吃完奶油綿綿之後就好多了。看來人家說吃得好勝過吃藥是真的呢。奶油綿綿很適合我的體質，吃完之後就像吃了藥一樣全身舒爽。很神奇吧！到底是怎麼做的？如果我知道料理的方法，也能在家自己做，但那應該是商業機密，對吧？總之，它是一道很厲害的料理喔！」

秀燦媽媽不停地稱讚奶油綿綿，不在乎我有沒有回話。

「為什麼秀燦沒來送餐呢？」

我又問了一次。

「啊，對，你是問這個，我想說盡量不要讓他送。騎車是一件很危險的事啊，那麼危險的事情卻一直交給他做，因為我身體不太好……我要快點好起來才能負責外送。我真的好擔心啊，我們生意也沒好到可以請人外送。好啦，你慢慢吃喔！」

秀燦媽媽跨上摩托車。

「以後點餐也不會是秀燦來送嗎？」

「我去醫院的話，就會是他送餐。我需要定期去醫院回診，有時身體不好也會去。這時沒辦法，只能讓他去送。你是想跟我們秀燦當好朋友嗎？那以後有你們的訂單，我就讓他來吧。」

聽到醫院兩個字讓我想起了奶奶。

「可以問您一件事嗎？」

「說吧。」

「道守哥的奶奶病得很嚴重嗎？我在想說他什麼時候可以回來打工，聽秀燦說，道守哥的奶奶生病了，所以他才沒辦法來。」

「這個啊，秀燦有一個叫道英的朋友。唉，他出了意外……道守的弟弟道英跟我們秀燦同年呢。」

在我耳朵裡，「出了」這兩個字特別大聲，用「了」表示是過去發生的事情。我現在已經變成活在過去，不存在於現在的人。「了」這個字讓我受到很大的衝擊，就好像原本支撐著身體的柱子開始晃動，身體倒落在地上一樣。

「但偏偏道英是偷騎我家車出的意外。道守的奶奶因為道英的死衝擊太大，昏了過去。」

秀燦媽媽的表情變得黯淡。

「我知道，我有聽秀燦說過。請問她病得很嚴重嗎？」

我好不容易穩定情緒後，再次問她。

「她心病漸漸加重，所以一直無法從床上坐起來。白髮人送黑髮人，心裡該有多難過啊！昨天也做了手術，好像是因為昏倒造成腦血管有問題。唉，怎麼會發生這種事呢。因為這件事，秀燦也很痛苦。聽說道英車禍當下還抱著摩托車，他可能是想保護車子。警察說，如果他放開車子，抱緊身體的話，還有可能生還啊。只不過是一台車，根本不算什麼。總之我也想常常去探病，但是店裡忙不過來。道守應該是因為奶奶的手術才沒辦法打工，也不知道手術結果怎麼樣？聽說年紀大的人有可能撐不過手術。好啦，我先走了。」

——轟隆轟隆。

秀燦媽媽發動摩托車。

「可是。」

我突然想起摩托車的賠償金。

「車子壞掉的賠償金是道英奶奶賠的嗎？」

「道英都已經那樣了，還要什麼賠償金！只不過是台摩托車，人還是更珍貴的。」

秀燦媽媽也說了我更珍貴，這時秀燦媽媽的手機響了。

「知道了啦，好啦。現在過去。」

看來是秀燦爸爸打來的。

「店裡的訂單開始進來了，我得快點回去啦，下次見。」

秀燦媽媽快速催了摩托車的油門。我站在門口，直到看不見她的身影。除了她來餐廳吃飯的那天，這還是我住在這個社區那麼久，第一次跟她面對面說話。

「你叫了炸雞嗎？叫我做就好啦。冷凍庫有很多雞肉，可能在我們走之前都沒辦法全部吃完。現在剩沒幾天了嘛。」

我提著炸雞盒子走進餐廳內，大叔就從廚房探出頭來對我說。

「這是我活著的時候吃過的炸雞，突然想吃所以叫了。」

我撒了謊。

「是啊，常常會想念以前喜歡吃的東西。離鄉背井的人，一看到在故鄉吃過的食物，就會突然思念家鄉。對啊，總有一天那個人會因為想念而找上門。」

大叔小聲地叨念著，他說的人是徐智英。

一到下午四點，客人們全都散去的餐廳變得空蕩蕩。

「大叔你上次出去的時候啊，」

我走近坐在大叔身旁。

「有多痛啊？」

「幹嘛問？」

「只是問一下而已啊……就很好奇。」

「不要好奇，你如果是因為想出去才問，勸你還是打消念頭吧。」

大叔用力地搖頭。

「到底有多痛啊？」

「好難說，要用什麼比喻才有辦法貼切形容那個疼痛呢？」

大叔望向天花板。

「嗯，就好比……沒打麻醉就做手術、用手術刀劃開皮膚，這樣說你有辦法體會嗎？」

大概就是這種程度的疼痛。

大叔似乎是想起那天的經歷，整張臉皺了起來。沒有打麻醉就做手術、用手術刀切開皮膚的疼痛啊。要在完全清醒的狀態下承受那個痛苦，光用想的就覺得很可怕。

但是我沒有經歷過，其實沒辦法衡量到底有多痛。

「如果是有辦法忍受的程度，我早就出去找我想見的人很多次了。」

大叔再補充了一句。

「但是你為什麼在活動貼文裡寫會親自去找她呢？依你現在的說法，感覺不像想要出去的人啊。」

「嗯，這樣她才會來找我。因為她知道我一定會找到她，當然現在說的是在我死之前。你到底為什麼突然問關於疼痛的事？」

「我不是說了嗎？因為好奇。」

老實說，我想出去。我想去見秀燦，我想要跟秀燦開心地到處逛逛。也想知道秀燦一整天都在想什麼、跟他分享我的事情，感覺無論我說什麼，他都會認真傾聽。為什麼我到現在才這樣想呢？活著的時候，浪費了那麼多時間。還有……我有點想去看奶奶一次。

休息了一個多小時，晚餐時間客人漸漸越來越多。大叔仍然一邊料理，一邊注意餐廳內的情形。即使大叔的一直等待著，那個叫徐智英的人也絕對不會來。從娜娜還有那天來找大叔的男人的行動，就可以看出來。連我這個第三者都可以明顯察覺，大叔可能也知道了。豪爽認清事實該有多好呢，那就不用再繼續做生意了。這樣剩下的時間可以過得更充實，現在我跟大叔剩下的時間不多了，就只剩下十天。如果這些時間都花在做生意上多可惜，這是第一次我覺得時間可惜。

當我接到奶油綿綿的訂單，把它交給在廚房的大叔，然後轉身的時候。一位將長髮編成兩條辮子、穿著白色洋裝的女性，小心翼翼地走進餐廳。女人慢慢地環視了餐廳一周，不知道為什麼她的表情看起來十分不安。

「請坐這邊。」

我指著空桌。女人緩緩地走向那個座位坐下。

「您要點什麼呢？」

我問她，並上下掃視著她的臉。她有著一雙大大的眼睛，卻好像受到驚嚇，一直不停地咬嘴唇，從包包裡拿出濕紙巾擦手。每一根手指、每一個縫隙，她都很仔細地擦拭。

「我就不點餐了……我是來見這裡的主廚的。」

女人將濕紙巾放到桌子上說。我聽到這句話的瞬間，腦中就冒出說不定這個人就是徐智英的想法。

當我跟在廚房的大叔轉達這件事情時，大叔快速地看向女人那邊。看見女人的大叔，就像一陣風一樣，快速地跑過去。

「您是主廚嗎？」

女人從座位上站起來。大叔看著女人的眼神，是一種無法形容的複雜情緒。一方面因為見到她而感到開心，另外一方面也充滿埋怨。

「初次見面，您好，我是徐智英。我們應該是第一次見面，您之前有見過我嗎？」

「當然。」

大叔目不轉睛地盯著徐智英的臉回答。

「原來如此，但我好像沒有見過您。那個還有我今天是因為……我再怎麼想都覺得，與其請其他人過來，還是我親自跟您說比較好。您認識李民碩，對吧？」

徐智英好像是因為大叔的眼神感到壓力很大，她用手掌揉了揉臉。

「是。」

大叔簡短地回答。在徐智英跟大叔之間，那大概一公尺的距離內，流淌著無法用言語表示的奇妙氣流。

就在此時，「請再給我一點酸黃瓜。」

坐在門附近的客人舉起手說。我拿酸黃瓜給他之後，他又要了熱水。拿了熱水給他之後，其他桌的客人要醃洋蔥。等到我舀了一碗醃洋蔥給客人之後，徐智英從座位上站了起來。

她快速地走向門口。她身上的白色洋裝像是蜻蜓的翅膀輕柔地飄揚。一直呆坐在徐智英對面的大叔跳了起來，彷彿失去了理智，跟著徐智英走了出去。

「那麼請幫我將這件事轉達給李民碩。」

站在門前的徐智英說。

「妳剛剛說的那句話，是真的嗎？」

大叔快速地回應。徐智英眼睛睜得大大的看著大叔。看來大叔突然不用敬語嚇到她了。

「是的，是真的。」

「不可能！」

大叔用力大叫，徐智英嚇了一跳，她的腳步躊躇往後退了兩步。

「我就是李民碩啊！我說，我是李民碩。我從沒聽妳講過這種話，妳明明沒有跟我說過。」

大叔緊握雙拳，就像憤怒的大猩猩，碰碰拍擊自己的胸膛。我被大叔嚇到了，靠近他的身旁抓住他的手。大叔把我的手甩掉，那個力氣超級大。

「我說我就是李民碩！」

大叔再次大喊。

「大叔，沒有用的。」

我阻止他。臉是其他人的臉，怎麼可能會有人相信。徐智英看了看大叔，然後轉身快步離去。

「呃啊啊啊！」

大叔雙手遮住耳朵，放聲大喊。那個聲音就好像巨型動物在嚎叫，大叔的雙眼閃爍著恐怖的光。到底徐智英對大叔說了什麼，讓他如此亢奮與憤怒呢？

如果可以在死前一週，知道自己會死

我們決定不做生意了，現在做生意已經沒有意義了。大叔整天只盯著窗外，我們只剩下八天。八天之後，我們就要永遠離開這裡了。

一開始遇到敘皓的時候，我覺得沒必要在這個世界上多待四十九天，因為那不過是我苦日子的延長線而已。從生為王道英以來，我從來沒有愛過我的生活。從來沒有懷著興奮的心情等待著第二天。王道英總是活得很艱難、很疲憊。所以在某一瞬間，我就放棄了所有我擁有的東西。我決定忘記我是王道英，白天就像一台機器一樣做該做的事，盡量不去思考。如此一來才能勉強撐下去。我本來就決定要這樣活到死。所以當我知道我已經死了的時候，並沒有受到太大的打擊。我心想著，反正這一天本來就會到來，於是淡然地接受了這一切。另一方面，我也很感謝可以結束這個令人厭煩的生活。如果不是因為大叔，我可能會拒絕敘皓的提議。

但是現在，剩下八天的這個時候，我的內心在動搖了。只有八天這件事情，讓我身體緊繃、喘不過氣來。我覺得一分一秒都很珍貴。

「我以前工作的飯店，距離這裡只有五個地鐵站。」

一直雙手抱胸看著窗外的大叔放下手說。

「是哪一間飯店？」

雖然我不怎麼好奇，但是看氣氛感覺應該要問一下。

「在可以看到江的地方。」

啊哈！原來是那間飯店啊！我搭地鐵的時候有看過。瓦片鋪成的屋頂，畫著五彩鳳凰圖案的牆壁，相當地奢華。有一次，我和奶奶一起坐地鐵（我不常和她一起出去，忘記那天不知道為什麼會一起出去了），當我們看到飯店時，奶奶說。

「我認識的人在那間飯店舉辦過七十大壽。那個老人八字很好，小孩很優秀。我啊，到死之前應該都沒機會在那種飯店辦生日宴會吧？我甚至連去飯店門口看看的機會都沒有。我這該死的八字啊！」

奶奶邊說「我這該死的八字啊」，然後用髒兮兮的手帕擦了擦鼻子。當然啊，那種看起來很高檔的飯店，像奶奶這樣的人哪有機會去。我看著奶奶，她有一張黝黑、布滿皺紋的臉、鼻子下面還有蔓延的癬。

「在那邊吃一碗飯要多少錢啊？」

奶奶揉了鼻子好一陣子之後問我。

「不知道。」

「希望我死前可以在那種地方吃上一碗飯。」

奶奶用哀傷的眼神看著飯店說。我默默地在內心用鼻子發出冷笑。因為可以實現那個夢想的機率趨近於零。

「你在那間飯店是做什麼的？」

「還能做什麼，當然是主廚啊。我做義大利料理。」

那麼這段時間大叔賣的料理，都是那個飯店的水準啊。我一直在吃那間飯店主廚做的料理，真是令人難以置信。如果奶奶知道這件事情會怎麼想呢？王道英，以你的八字居然能吃到這麼高級的食物，真是有口福啊！她應該會這樣說吧。

「我就是在那裡第一次見到智英，她原本是護理師，但是卻辭職跑來我們飯店當實習廚師，她說她想要學習烹飪。她以前的夢想是開一間漂亮的餐廳，提供美味的食物。我第一眼看到智英就驚訝到無法呼吸。那時我才懂，什麼是一見鍾情。」

大叔再次雙手抱胸看向窗外，他的聲音微微顫抖著。

「她想要參加國內最大的料理節比賽，在那個料理節得獎的人，會上電視變有名，也能確立主廚的地位。我當然想幫她實現夢想，所以跟智英一起開發了幾個新的料理。那是我一生中最幸福的時期，奶油綿綿也是那時開發出來的。那是智英最喜歡的料理，但是偏偏那個料理節舉辦的時間，我要去國外出差兩個月。當我出差回來……」

大叔停下來，我等著他繼續說下去。但是他沒有再說下去。

「是落選了嗎？」

「不是。」

大叔搖了搖頭。

「她得獎了，還是第一名。但是自從那次之後我就再也沒有見到智英了。」

「天啊，原來她獨吞了獎金！」

我的腦中似乎逐漸理出脈絡，獨佔第一名獎金，躲藏起來的徐智英。為了找到她，大叔用盡各種方法。我還想說有什麼厲害的故事，原來是牽扯到錢啊！

「問題不是獎金，後來智英有把錢匯到我的戶頭。」

「那問題是什麼？」

本來以為理出頭緒，瞬間又被打亂了。

「之後、之後再跟你說。」

大叔說完這句話後，就緊緊閉上嘴巴。

地鐵站後面的天空漸漸渲染成紅色，一天又過去了。

「這些錢是不是應該要用完啊？留在這裡有點可惜。」

過了一下子，我突然想起這件事。

「反正人通常都來不及花完所有錢就走了。大多數人明明都懂這個道理，卻還是掙扎著要賺更多的錢。而且還會捨不得，小氣到不行，花都不敢花。存的錢大部分都讓別人用了，我存摺裡面也有蠻多錢的。本來打算跟智英結婚之後，買一間漂亮的房子，家裡的裝潢也要弄得非常帥氣，讓她驚訝到說不出話來。庭院想用茶花樹做圍欄，因為智英喜歡茶花。她說，茶花是開到最後一刻都保持自尊心的花，凋謝之後也維持原本的樣子。智英喜歡的東西就是我喜歡的東西。我還想在庭院裡種木瓜跟紅棗。建一座小小的池塘，裡面浮著幾朵蓮花，還養幾隻鯉魚游來游去。屋簷掛上幾個風鈴，就能聽到風嬉戲的聲音。那時，我邊想像著這些場景邊存錢，真的非常幸福。」

「那為什麼不快點實現願望，還拖到這把年紀呢？那筆錢應該會被家人拿去用吧？」

雖然不是我的錢，但是也莫名覺得可惜。存了卻沒辦法用。

「遇到想結婚的人並沒有那麼簡單啊！我活了四十幾年，只有智英讓我第一次動了想結婚的念頭，在那之前我都是單身，而且我沒有其他家人。」

「那麼存在銀行裡的錢會怎麼樣？」

「我也不知道，不只是銀行的錢，還有一點股票跟我之前住的那戶住商大樓。」

「大叔，原來你是有錢人啊。」

也是，畢竟在高級飯店當主廚，應該很會賺錢。

「那麼你也不知道房子會怎麼樣嗎？」

「不知道。」

大叔平淡地回答。

「啊，真的很讓人鬱悶耶。既然知道自己有一天會死，應該要寫個遺書註明自己的財產要怎麼辦吧！獨居的人居然連這點準備都沒有？」

明明不是我的錢，但是越想越覺得可惜。

「我又不知道我那麼快就會死，我現在才四十二歲。去年做健康檢查身體非常健康，誰會想到會變成這副德性？」

「大叔你很死腦筋啊，上網查就會知道每天都有大大小小的意外。誰都無法預知自己會因為車禍而死，還是因為火災死去，又或者走在路上掉到洞裡死掉。現代人每一刻都暴露在死亡之中。我奶奶只要看到我爸爸喝酒喝到不省人事，就會跟他說，再這樣下去喝死了怎麼辦！拜託他戒酒。爸爸還誇下海口說，在奶奶先走之前，他是不會先死的，要奶奶放心。那時奶奶常說，到底誰會先走，沒有人知道的。」

「你既然那麼瞭解，看來你是有寫好遺書，以防暴露在死亡的危險之中？」

大叔反問我。

「我嗎？」

「對啊。」

「沒有，我跟你又不一樣，我身無分文。我哪來的錢，幹嘛寫遺書？我全部財產就是藏在置物櫃裡的一百一十元，我也沒有房子。誰會因為一百一十元寫遺書？搞笑！」

「遺書又不是只寫錢的事情，你也可以寫想對留下來的人說的話啊！」

「什麼，你說留話給誰？」

我一臉不滿地說。但是瞬間奶奶的臉浮現在我腦中。難道我要寫遺書給奶奶嗎？

致奶奶：

我只是說如果，如果我死了，您也不要受到太大的打擊。

還有寫給秀燦：

即使我死了，也不是你的錯。

「如果可以在死前一週，讓別人知道他們就快要死掉就好了。那麼，就可以慢慢準備了。」

我嘆氣說道，大叔抬頭看了一下我的臉。

「是啊，人生在世最大的陷阱，就是不知道自己什麼時候會死。」

「我說，如果啊，大叔跟我能回到死掉之前。有人告訴你『一週之後你就會死』。那麼，那一週你會做什麼呢？」

我突然很好奇。

大叔用手指撐著下巴，仔細地想。

「即使有人先告訴我，我應該還是會跟平常一樣。但是，我會寫一張遺書。每個人在死前，都會有想留下的話啊！」

「看來你對自己的生活，沒有感到後悔的地方。」

「嗯，雖然不是沒有後悔。但是如果是我死前一週的話，我應該會這樣做。那你呢？你會做什麼？」

過一陣子後，大叔問我。

「這個嘛。」

我來回摸著桌角思考。

「現在想一想，首先要寫遺書。」

「給誰？啊，你說你覺得你跟那個叫秀燦的朋友同病相憐，是吧？看來有想對那個孩子說的話。像是如果我偷騎你家的車出了意外，你也絕對不要怪我，類似這種話。」

總之，這些都只是想像。

「不是那樣的。」

「那麼是想跟他說，不要每次都傻傻地被爸爸打，要逃走嗎？」

「我想跟他說，不要跟個傻瓜一樣站在原地被打，至少要反抗，或是逃離那個地方。但是比起這些……總之，看來我需要寫遺書，整個腦袋亂糟糟的，思緒沒有整理好，沒辦法明確說出要寫什麼。」

我在反覆摸索的桌角上發現一個刺出來的小木屑，我想把它拔掉。結果反而刺進我的手指裡。因為意外的疼痛，讓我整個人醒了過來。那個瞬間我意會到，死亡就是這樣毫無預告找上門。

「大叔，我從之前就很好奇。人們吃完食物刷的卡費啊，那些錢都到誰那裡去了呢？敘皓不是人，應該不需要錢。你不好奇嗎？」

「除了敘皓之外，還有誰會拿走那筆錢。即使牠不是人，應該也有需要錢的時候吧。更何況牠要到處騙人，可能是需要錢所以才利用我們。如果我知道會被關在這間餐廳裡，一定會想辦法跟牠協商的。就說牠是一隻狡猾的狐狸了，牠不好意思說，所以才會把注意事項寫在一張小小的紙條上塞給我們，就捲著風走啦。總之，等之後見到牠，我絕對不會就這樣放過牠。」

聽完大叔的話，敘皓想要的不只是一口熱血而已。牠還需要這四十九天我跟大叔的勞力。為了獲得金錢而付出的勞力。

「不放過牠的話，你打算怎麼做？」

敘皓活了將近一千年，而且這段時間喝了將近一千人的熱血。敘皓說，牠離成為不死鳳凰的那天已經不遠了，所以牠在各個方面應該都比人類優秀吧。首先牠會飛，可以不用走路，然後牠不吃東西就能存活。大叔才不是牠的對手。

「我至少要拔掉牠的鼻毛。」

我因為大叔的答案噗哧笑了出來。

「我也要幫你拔。」

「如果你來幫忙，我們應該可以連牠的頭髮都拔光。」

大叔也笑了。

大叔說：「但是也很感謝牠給我們這種機會。」

「我也是。」

「嗯？你不是不滿意嗎？不是被我強迫，硬被拉來的？」

「一開始是那樣沒錯。但是現在我的想法改變了。話說，放房間裡的錢袋怎麼辦？那些錢是我們可以用的嗎？也是啦，即使牠說可以用，對我們來說也沒有意義，又不能出去。」

「那些錢牠會自己看著辦吧。」

大叔失神地看著窗外，陷入沉思中。直到深夜才回去房間，不久後他房間的燈就熄滅了。我就像平常一樣，把桌子拼起來之後躺在上面。再過一個小時，就只剩下七天了。不多不少一個禮拜。

「一個禮拜之後，真的就完全死掉了啊。」

我輾轉反側，難以入眠。

大叔的祕密

大叔消失了。

我早上睜開眼，已經超過九點三十分。正當我想去廚房煎顆蛋吃，才發現大叔房間的門開著。大叔每次都會關著房門睡覺，為什麼門開著呢？雖然我有點疑惑，但想說他可能是去上廁所，所以我就去煎了兩顆蛋，還用三顆番茄榨了果汁。看到有點乾巴巴的番茄，才真正感受到我真的跟大叔在這間餐廳待了四十天以上。

「大叔，吃早餐！」

我端著煎蛋跟番茄汁從廚房走出來並大聲喊他。房間門依舊開著，而且沒有人回應。我覺得奇怪，於是走進房間一看，大叔沒有在裡面。也沒有在廁所。

「他是瘋了吧。」

我呻吟般吐出這句話。他一定是出去了。就像腳趾被撕裂的疼痛，沒有打麻醉就做手術的疼痛。大叔甘願承受那種極限的疼痛，又出去了。

我該怎麼辦呢？我突然覺得不安。我是不是應該跟大叔一樣出去看看，現在只剩下一週的時間，不能就這樣白白浪費吧？但是，我沒有勇氣。那天，大叔出去後回來的樣子太嚇人了。等到快十一點，我才看到大叔貼在大門上的紙條。

——剩沒多少時間，我沒辦法就這樣坐以待斃。

簡短的幾句話。

看完紙條，我也下定決心要出去。我跟大叔一樣沒辦法坐以待斃，要把好奇的事情都確認過才行。奶奶是不是真的因為我的死亡受到打擊，是不是真的想念我？我要知道這些再走。我活著的時候，真的認為奶奶覺得我是一個煩人精。即使要死，也要確認過這件事是真是假再死。

我走出屋外，陽光炫目。直射在肌膚上的陽光，跟透過窗戶灑進屋裡的陽光完全不一樣。陽光緩緩地爬上我的手背跟臉，竟覺得有些癢癢的。這是活著的陽光，空氣也不一樣。從鼻子底下推上來的空氣，順著喉嚨進入身體，並在體內亂竄。是活著的空氣。全身上下原本已枯萎的細胞，再次變得新鮮起來。

我走向漢拿醫院，現在我還沒有感受到擔心的疼痛。但是不知道什麼時候會發生的疼痛讓我全身不自在，很僵硬。我的步伐很不穩，有時即使只是走過一個很矮的坎，也會搖搖晃晃站不穩。

我大約走了一個小時才到達漢拿醫院。如果是平常，這段路其實三十分鐘就綽綽有餘。

「來這裡真的是對的選擇嗎？」

我站在醫院門口，突然冒出這個想法。

「如果秀燦跟他媽媽說的不是真話呢？」

我會因為失望而更討厭奶奶，也會埋怨她。我不知道我為什麼會感到害怕。

既然都來了！我踏出了腳步。

就跟白髮奶奶說的一樣，這裡大部分的病患都是老人。醫院的庭園不怎麼寬闊，放了五、六個長椅，老人家們坐在長椅上曬太陽。

我走進醫院大樓，正面就是諮詢櫃檯。

「請問金玉子奶奶住在幾號病房？」

「她在五〇四號。」

穿著咖啡色制服的員工迅速地告訴我房號。

——叮。

電梯停在一樓，當電梯門打開，裡面的人出來的那刻，我嚇到差點大叫。大叔在電梯裡，站在大叔旁邊的是徐智英，她穿著護理師服，表情十分僵硬。我快速讓到一旁。

兩人走出電梯，往庭園的長椅走去。我遠遠地跟在他們兩個後面，大叔是怎麼找到徐智英的？

大叔跟徐智英走到人少、最靠裡面的長椅並肩坐下。從遠處看來，大叔的臉色蒼白得讓人不忍直視。這樣說來，我還是第一次在明媚的陽光下看到大叔。

想起九尾狐餐廳開業的第一天，月光流淌在玻璃窗，大叔看著自己倒映在窗上的臉龐，抱怨著敘皓該不會是摘死人的臉給我們。當初那句話聽來只單純覺得可怕而已，但現在看來好像是真的。

大叔跟徐智英在說什麼呢？我無聲無息地走到他們後面，剛好椅子後面有一棵樹幹很粗的樹。我躲在樹後面偷聽。

「為什麼不相信我？我就是李民碩。妳不記得這個戒指嗎？我一直都戴著啊！」

大叔把手張開，伸到徐智英面前。大叔右手拇指上的戒指閃爍著光芒。

「你到底為什麼要這樣對我？請不要無理取鬧。拜託不要再開玩笑了，請說出您找我的真正目的。我想說的話，上次都說完了。」

徐智英不相信大叔的話，當然不可能相信。就像我現在跑去奶奶面前說「我是道英」，她也不會相信我一樣。不要說相信不相信，我可能還會被罵是瘋子。

「妳為什麼不繼續當廚師，又回來當護理師？」

「您沒有聽李民碩說過嗎？李民碩認為料理節我得到第一名都是多虧他開發的料理。我跟他說絕對不是這樣，他仍舊不相信。甚至堅信我既然被認可為主廚，當然也會永遠喜歡他。他就是只要認定一件事，就認為自己的想法才是對的那種人，不管再怎麼努力都無法說服他。所以我才不繼續當廚師，而是回歸我原本的職業。」

「妳不是想成為最優秀的廚師嗎？」

「是啊，當初是那樣，所以那麼晚才開始學習料理。但是我不想再被李民碩騷擾只好放棄。我以為那是可以徹底跟他斷絕關係的方法。」

徐智英的表情變得黯淡。

「是因為這個原因，那個男的也一起辭掉廚師的工作嗎？我現在都還無法原諒，絕對無法原諒。妳怎麼可以在我出差的時候，跟那個男的一起參加料理節？妳想獲得原諒，就要跟那個男的分手！」

「好無言，我參加比賽得獎跟李民碩一點關係都沒有。出賽用的料理不是跟李民碩一起開發的那個料理。這件事我說了很多次，講到嘴巴都瘦了。他明明知道那天得獎的料理名稱還是不相信我，食材跟料理方法都不一樣！」

徐智英提高聲量。

「我承認我因為李民碩的溫柔而喜歡過他。跟他一起開發奶油綿綿也很幸福。奶油綿綿是一道柔和又溫暖的食物。我以前覺得奶油綿綿跟李民碩很像，唉！」

徐智英嘆了一小口氣，稍微停頓。

「但是除了做料理，我們太不一樣了。我崇尚自由，但是他與我相反，連一些小動作都會干涉我，或是希望我可以跟他分享。我覺得他把我當作是他的財產，報名參加比賽時，我想用奶油綿綿出賽，所以問了他的意見。無論當時還是現在，奶油綿綿對我來說都是最棒的料理。但是，李民碩強烈反對。當然，這是我們一起開發的料理，他當然可以反對。如果是這樣，我也能冷靜地接受。但是，他想讓奶油綿綿成為只有我們兩個知道的祕密。不做給任何人吃，只有我跟他兩個人知道。」

徐智英再次停下來，用舌頭舔了舔嘴唇，眼神空虛地看著遠方。

「我曾經有個夢想，就是做出漂亮又美味的料理招待別人。所以我才開始學習烹飪，當我跟李民碩提到這件事時，他反駁我說那不是真正的廚師要走的路。他還激動地大發雷霆，甚至使用暴力。想到那天晚上，我還能感受得到疼痛。那天之後，我冷靜思考我們之間的關係。我意識到我並不是真的喜歡他，然後我在他出差前一個禮拜，表明了我的想法。」

「不是，當初那些話不是真心的，一定是有哪裡搞錯了，當初我不知道問題的原因是什麼，現在我知道了。原來是我不讓妳用奶油綿綿出賽。」

「拜託您，不要模仿李民碩。你看起來像精神錯亂，我為了擺脫他，甚至獎金都給了他。不只如此，我跟男朋友都放棄當廚師了。」

「那個男朋友幾天前來找過我。是那個人要求妳跟我分手的嗎？」

「在我認識李民碩之前，我跟那個人就已經是朋友了。還有，我被李民碩騷擾的時候，也是他守護在我身邊。請轉告李民碩，拜託他不要再騷擾我了。當初得知他用奶油綿綿辦活動時，我真的以為天要塌下來了。我知道他是為了找我才這樣做，看到他寫如果我不去餐廳，他們就會親自找到我，真的讓我毛骨悚然，甚至還病了好幾天。是娜娜跟我男朋友看不下去才站出來，現在我真的希望他可以住手。」

徐智英用雙手抱住頭。

大叔問：「妳真的要跟那個男的結婚？我幾天前聽到那些話，真的差點昏倒，真的要結婚嗎？」

「上次我已經明確地跟您說過了，請您如實轉達給李民碩。」

「太不像話了！」

大叔的聲音也跟徐智英一樣變得高亢。

「我絕對不認同！」

「看來這句話也是李民碩要您轉達給我的啊。那個人每次都這樣。自己不認同的事情，絕對不讓我做，全都無效。我為什麼只能做他認同的事？到底為什麼要這樣？我真的無法理解。」

「妳明明就喜歡我，但是因為妳對男朋友的忠誠，所以才沒辦法跟他分手，這我太清楚了。」

「唉。」

徐智英嘆了一口氣。

她應該是真心的，在我看來，徐智英一點都不喜歡李民碩。但重點是李民碩，不對，大叔他不想承認這件事。奶奶說過的話閃過我的腦海。奶奶說，愛情使人盲目，只要被愛情蒙住雙眼，就會變成笨蛋，無法判斷什麼是有利的、正確的事情。爸爸就是那樣。

大叔現在正陷入感情的泥淖中無法自拔，還在不停地掙扎。徐智英已經逃出那個泥淖，甚至已經忘記有這個泥淖了。但是大叔依舊在那邊等待，堅信著她總有一天會回來。

「每當網路上出現這種事情，我都在想怎麼會有人這樣過活。沒想到大叔就是那種人。」

我搖了搖頭。

仔細一想，只要看到我就左閶右閶、皺著眉頭的敏智也是這樣。敏智相信秀燦喜歡自己，完全就是無稽之談，秀燦根本不喜歡敏智。

有一天秀燦給了敏智幾塊炸雞，結果就發生了這個誤會。我清楚地記得那天，秀燦去送餐，騎車不小心摔倒。結果悲劇發生了，炸雞盒子撞開了，幾塊炸雞掉在柏油路上。剩下的炸雞也沒辦法送給客人。我偶然看到那個場面，當時就是那麼剛好，敏智正好出現。然後誇張地扶起秀燦，並用擔心的語氣說著該怎麼辦。秀燦看著盒子裡剩下的炸雞嘆了一口氣，然後整盒給了敏智。這就是事情的經過。並不是因為秀燦喜歡敏智所以給她炸雞。但是那天之後，敏智就堅信秀燦喜歡自己，然後常常驕傲地跟大家炫耀說：「我不喜歡他，是秀燦自己單相思。」如果站在秀燦的立場可能會氣炸了。沒想到他根本不理會。自從這件事之後，我更討厭敏智了。雖然錯覺是個人自由，但是不能造成其他人的困擾。現在想想也覺得我沒教訓她就死掉，實在很冤枉。

沒想到大叔居然跟敏智一樣。

「那麼這個戒指是什麼意思？如果妳不喜歡我，為什麼它會戴在我手上？」

大叔晃了晃右手。

「雖然我不知道您為什麼會有李民碩的戒指，這是我感謝他用心教我烹飪而送給他的禮物。沒什麼特別的意思……」

徐智英話說到一半，就停頓下來。

「請轉告他拜託不要再繼續下去了。只要我躲起來，他就會想辦法把我找出來。我再躲起來，他又會再次找到我。總是跟蹤我、找碴跟折磨我。使用暴力也是家常便飯。」

我的天啊！我驚訝到張大嘴巴看著大叔。

什麼！使用暴力也是家常便飯！

啊，真的日久才能見人心，大叔居然有這一面。對比自己弱小的人使用暴力，這是世界上最壞、最無恥的行為。

「我很怕李民碩。甚至覺得恐懼。我絕對不可能喜歡他。人心怎麼能強迫呢？只能順其自然。我受夠了跟李民碩有牽扯的生活，這句話請務必轉告給他。」

徐智英在「受夠了」三個字上加強了語氣。那瞬間大叔的手快速抬了起來，用他厚實的手掌，狠狠打了徐智英的後腦勺。呃啊！徐智英發出呻吟聲。這些事情都在一瞬間發生，我嚇了一大跳，不知道該如何是好，只是張嘴呆站在原地。

「妳無法逃出我的手掌心。我即使死了，也會跟著妳！」

大叔再次將手高高抬起，當我正煩惱著要不要衝出去阻止他時，就在這個瞬間。

「呃！」

突然大叔像蝦子一樣捲起身軀，倒在長椅旁邊。接著扭轉著身軀，他看起來非常痛苦。是那個疼痛！

徐智英嚇得用手遮住嘴巴，看著大叔。大叔開始滾來滾去，徐智英嚇得跑回醫院大樓。

「大叔。」

我靠近搖了搖他。大叔的嘴唇變得青紫，整張臉面色如土。他快速喘著氣，看起來很難受。

這時有兩位醫師與護理師跑向這裡。

「請保持清醒。病患！病患！」

醫生一邊大喊，一邊拍了拍大叔的臉頰。

醫生問我：「是認識的人嗎？」

我搖了搖頭。總覺得應該要這樣做。醫生與護理師將大叔攙扶起來走進醫院。

那一瞬間就像颱風過境。我不知道該如何是好，只能呆站在原地。從旁人的角度看來，大叔的疼痛非常劇烈。之後我也會感受到那股疼痛吧，在那之前我要快點回到九尾狐餐廳，沒錯，我要這樣做才行。

正當我下定決心轉過身要離開時。

「唉呦，這誰啊？九尾狐！」

有人打了一下我的背。我快速地回頭一看，是哥哥。

「剛剛我在那邊想說應該不可能吧，結果真的是你。來這裡幹嘛啊？能在這見到你很開心耶！」

哥哥嘻皮笑臉地跟我打招呼。

「是有認識的人生病嗎？該不會？應該不是老闆生病了吧？我就知道。有做檢查嗎？醫生說他病得很重，對吧？該不會是致死的病？你的表情就像聽到這種話的臉，所以我就說吧，叫你早一點讓他去看醫生！光是錢多有什麼用。」

乾脆去寫小說好了，真的是。

「為什麼沒說一聲就不來上班了？」

「你該不會是因為這樣來醫院吧？唉唷，我想去也沒辦法。我奶奶不久前動手術，現在躺在床上動也動不了，我怎麼有辦法離開呢？如果請看護又不知道多貴。我已經窮到家徒四壁了，哪來的錢請看護。只能我自己來了。」

哥哥發出咳咳咳的聲音把痰從喉嚨引上來後吐掉。

「所以才來偷錢嗎？」

「什麼？」

「我問所以你才半夜闖進餐廳嗎？」

我想要釐清這個問題。

「你在說什麼啊？Are you crazy？」

哥哥把手指舉在頭旁邊轉了一轉。

「你幾天前不是從廚房的窗戶翻進來嗎？還以為我不知道。」

我掏了掏口袋拿出那兩顆釦子。這時，哥哥的手機響起了吵鬧的鈴聲。是病房的護理師打來緊急電話。

奶奶好像病情危急，哥哥急忙跑了過去。

以前不知道的事情

過了一會兒，我上樓走到五〇四號房。病房門敞開，門旁寫著病患的名字。包含奶奶在內，一共住了四個人。

——金〇子。

是奶奶的名字。我往病房裡探頭尋找奶奶的身影。但是沒有看到奶奶，她好像因為病情危急被移送到其他地方。

我在五樓與六樓中間的樓梯間坐了好長一段時間後，再次回到病房。奶奶依舊沒回來，有一位病人坐在床上吃著零食。她看起來跟奶奶年紀相仿，但我不確定。我估不出爺爺奶奶們的年紀。不管他們是七十多一點、八十多一點、九十多一點、一百多一點，在我眼裡都一樣。

我想可能要在樓梯間多等一下，當我走在走廊上，腳掌傳來奇怪的感覺。痲痲的、痛痛的。要說像是觸電嗎？還是被尖銳的東西刺到？總之是一種我未曾有過的感覺。

「該不會疼痛要開始了吧？」

我的心一沉。恐懼瞬間衝上頭頂，這個恐懼很強大，我覺得我要馬上回去才行。

我快速地走向電梯，痲痲刺刺的感覺一點一滴地增加。我的心臟快速跳動到就像要爆炸一樣。

這時對面的病患專用電梯打開了，我看到奶奶躺在帶有輪子的病床上。奶奶正躺在病床上眨著眼睛，我側身避開了她的視線。哥哥也在旁邊，但應該沒有看到我。護理師推著床走向病房，哥哥跟在後面走。

「奶奶還好嗎？」

我稍微猶豫了一下，拖著開始疼痛的右腿走向五〇四號房。奶奶被移到病床上，當她轉向這邊時，我快速地靠牆站著。不久後，護理師從病房走出來。

「哇，嚇我一大跳。我還以為妳死了。」

我聽到哥哥碎碎唸的聲音。

「我想要快點死。」

是奶奶的聲音。久違地聽到奶奶的聲音，無法用言語形容的各種情緒，像波浪般湧來。然後突然間，我的眼淚流了下來。

「可惡，那妳就死啊，還不快點死！」

哥哥大喊。這沒禮貌的傢伙。

我好想馬上走進去，抓住他的領口。那傢伙就是這樣，我暫時誤會了他。還以為他是為了付奶奶的醫藥費才打工賺錢。甚至相信他是為了手術費才來餐廳偷錢。結果這些都是令人啼笑皆非的想像而已。

「我會死的，這傢伙，唉呀真的是。我們道英，居然讓那個小傢伙比我早走……唉呀。」

奶奶哽咽地說。

——我們道英。

我第一次聽到這句話，心頭隱隱作痛。十五年的人生裡，奶奶從來沒有叫過我「我們道英」。她總是叫我該死的傢伙、小兔崽子。

「妳既然這麼想死，就跟著道英一起死啊！」

哥哥憤怒地說。啊，真的是沒禮貌，我該拿他怎麼辦。

「我馬上就會死的，別擔心，臭傢伙。」

奶奶的聲音參雜著痰的聲音，聽起來很虛弱。

「唉呀，道英啊。」

「唉呦，真是聽不下去了，人死了才這麼想他，那為什麼他活著的時候，要每天欺負他？這傢伙、那傢伙、狐狸精生的小孩。妳不是每次都這樣罵道英跟他媽媽嗎？他只不過想買一套體育服，妳也是各種苛責之後才買給他。好不容易煮一次肉，結果看到道英吃了，妳不是還很捨不得？既然這麼後悔，當初為什麼那樣？」

「我什麼時候捨不得給他吃肉了？」

奶奶生氣地說。

「明明就捨不得，好像是他十歲的時候吧。當他大口大口吃肉的時候，妳不是在旁邊斜眼瞪他嗎！就像灰姑娘的後母一樣。」

「……」

「妳想想看吧，要是我是道英也會覺得煩心、可恥。妳知道世界上最可恥的是什麼嗎？就是用食物做這種事。」

我也記得，那天我不知道會因為吃了肉被罵得那麼慘。自從那天之後，我在家裡就絕對不吃肉。

「唉呀，臭傢伙。那天是因為你爸生病，所以才買肉回來，而且還是借錢買的。但是道英卻一個人要吃完，所以我才那樣。我難道是因為捨不得才那樣嗎？你才是看不得道英有什麼東西，一直以來只要他有什麼，你都會跟他搶啊。」

「哇，這奶奶居然汙衊人。誰搶他東西了？」

「你看不得他有幾分零錢在身上。我藏在抽屜裡的錢不就是被你偷走，然後栽贓給道英嗎？」

「妳居然知道？」

「當然知道啊，我就算閉著眼睛也能看得千里遠啊。」

奶奶也知道，真正的小偷是哥哥。

「還有你也因為食物給道英臉色看過，是什麼時候啊？你買血腸回來，卻只顧著自己吃。道英在旁邊看得口水直流，想夾一塊來吃，你還恐嚇他。連一塊腸子都捨不得給他，你一個人吃就有那麼好吃嗎？這傢伙。」

「不知道，我不記得。」

哥哥雖然說他不記得，但我記得很清楚。我等哥哥把血腸都吃完之後，撿了掉在地上的幾條冬粉吃了。沾著牛血的粗冬粉，奶奶跟哥哥都是不經意說出的話、做出的行動，但是我都記得很清楚，就像是昨天發生的事情一樣。這不是在聽著奶奶跟哥哥的對話嗎？王道英！我真是一個可憐的小孩。

「不要裝傻。」

「誰裝傻？欺負道英的人是奶奶。就算妳病得再重，該承認的還是要承認啦！」

就說他像個壞蛋，這種事幹嘛硬是要分那麼仔細。我很擔心這樣下去奶奶會因為血壓過高，病情又變得危急。

「唉呦，我怎麼會因為討厭他才這麼做。只是因為生活難過，覺得傷心才這樣。他怎麼出生就過這種苦日子，我是覺得可憐才這樣。我也是受不了，他那個動不動就發飆的暴躁性格。明明不怎麼說話，不知道為什麼那麼會生氣。唉呦，他要是個性和氣一點，就不會被罵得那麼嚴重了。唉呦。」

奶奶就像唱歌對節拍一樣，一直唉呦，唉呦。

「也是道英那兔崽子，動不動就生氣發瘋。我覺得那兔崽子應該從十歲就是青春期了。」

「別一直兔崽子、兔崽子的叫。不好聽。」

「唉呦喂呀，這是妳叫道英的時候常用的稱呼啊。」

「現在就不要這樣叫了，別這樣。」

「好啦，知道了。總之，道英好像從十歲開始就是青春期。不是有一次下雪天他被爸爸趕出去嗎？大半夜奶奶找遍整個社區都沒找到他，之後才在狗屋裡找到他。那兔崽子，不對，取消這句話。總之，因為這樣我跟奶奶一整夜都沒睡，結果他在狗屋裡睡得可沉了。那兔崽子，啊，兔崽子這已經太順口，不太好改。道英那時候應該有聽到妳在叫他，只是裝作沒聽到。」

奶奶有出來找我？我第一次知道這件事。

「現在想一想，他當初該有多委屈，才會裝作沒聽到。唉呦，我想著要對他好一點，但只要看到他的臉，怒火又會上來。被他媽媽拋棄，然後十五歲就離開這個世界。唉呦，這孩子怎麼那麼可憐。」

奶奶辛苦地用沙啞的聲音說。

「好了，別說了啦！醫生不是說妳要靜養嗎？如果有術後後遺症怎麼辦？」

「除了死還能更糟嗎？」

「吼，那妳快點死。」

「遲早會死的，這傢伙。」

就像有反覆記號的樂譜一樣，又回到了原點。

奶奶漸漸安靜下來，不久後，噗嗚！聽到她擤鼻子的聲音。

從腳掌開始的疼痛，漸漸往上延伸。現在連膝蓋關節都很刺痛。

我要快點回去。

我也逐漸感受到胸悶。心臟也感受到明確的疼痛。

「啊，對了，我們道英的骨灰罈在哪裡？」

我本來打算轉身離開，卻聽到奶奶的聲音。

聽到那句話的瞬間，我全身起雞皮疙瘩。我的骨灰罈？有骨灰罈的話，表示我的身體已經火葬後放到瓦罐裡了。我的身體居然在火焰中燒成灰燼，我現在明明還在這邊走來走去。不可能。

「在家裡，妳要快點出院才能去把它撒在江裡啊。道英死掉的那天，妳就昏倒直到現在啊。」

「道守啊，道英我們不要撒到江裡，幫他弄個塔位放進去吧。就那個啊，放骨灰罈也放照片，想他的時候就可以去看他。如果撒到江裡，以後想他的話，該怎麼辦啊！」

「我們哪有錢？妳以為靈骨塔是免費的嗎？」

疼痛感越變越強烈，我再也沒辦法聽奶奶跟哥哥的對話了。我的肚子裡面所有的內臟都纏在一起。我緊緊抓著下腹部。

「那點錢我有，為了讓道英讀大學，我有一點一點把錢存起來。」

我屏住呼吸，這件事我也是第一次知道。

「說句實在話，你對讀書又不感興趣，也沒那個天分。但是道英不一樣，那小子小學的時候還蠻會讀書的。頭腦好得很，所以……」

我再也忍不住，基本上算是半走半爬來到電梯前面。

「你怎麼了？」

路過的護理師問。我搖搖頭，搭上剛好開門的電梯。

耀眼的陽光直射我的臉，臉部的疼痛感也開始浮現。大叔當初一邊說腳趾快撕裂就昏倒了。我則是臉快被撕裂了，甚至看不太清楚前面的路。想到要走回餐廳，我就眼前一片黑暗。我如果知道會這樣，就應該帶錢出來。搭計程車的話，一下子就可以到了。我幾乎是用爬的回去，疼痛感漸漸加劇。我如果昏倒在路上就完蛋了，所以我咬緊牙根硬撐。

當我到達九尾狐餐廳前面時，全身已經被汗水浸濕。我用盡全力想打開門，但是門打不太開。我開始惡寒想吐，咬緊牙根用盡渾身的力量打開門，進入餐廳後直接昏倒在地上。很神奇的是，一進到餐廳疼痛就漸漸減緩了。全身就像是要陷入地板一樣，精神變得恍惚。我緊閉雙眼。

因為光線太亮讓我皺起眉頭，我慢慢地睜開眼。原來是陽光透過窗戶照射在我的臉上。我快速地跳起來坐好。

「現在沒事了嗎？」

我用雙手把全身上上下下摸了一遍，可怕的疼痛都消失了。我直到現在才能清醒地好好看看餐廳內部，寂靜的餐廳內十分平靜。

我慢慢地回想，奶奶的臉浮現在眼前。

下起鵝毛大雪的那天晚上，原來奶奶有到處找我啊。我原本以為奶奶不會出來找我，還有我根本連想都不敢想要去上大學。連高中都沒有想過。小學畢業就升國中，國中畢業當然就升高中，高中畢業就升大學，大學畢業就找工作。我曾認為這些平凡的順序，和我是兩個世界的事。

「如果奶奶早一點跟我說就好了。」

如果以前知道這些事情的話，那麼我的生活會變得很不一樣。光是知道那天晚上奶奶有出來找我，就可以減少我對奶奶的厭惡。這份厭惡感，也不會變得比我的體重還要沉重。我也不會用盡全力，就只是為了扛住心中那沉重的包袱，結果消耗了我所有的精力。

我仔細回想在醫院裡聽到的哥哥跟奶奶的對話。奶奶講話很粗俗，哥哥也是一樣。只是，他們兩人一來一往的談話好像交織著情緒，卻完全感覺不到討厭對方。非但沒有討厭之意，反而有一股莫名的暖流穿梭在兩人之間。退一步去看，就可以看到這件事。

奶奶對待我，是不是也是一樣的呢？即使聽到了同樣的話，我是不是會跟哥哥有不同的反應？我是因為一直以來都近距離看待奶奶，所以才會這樣嗎？因為靠得太近以至於沒辦法看到全貌，可能是因為我一直以來都只看到奶奶的一個面貌。

——奶奶本來就討厭我。因為她討厭我媽媽。可能因為這個想法太深植於心，所以我才不想看到奶奶的另一面。因而築起了水泥牆，把自己關在裡面生活。

「我竟然現在才想到這些。」

已經太遲了，即使後悔也沒辦法挽回什麼了。

我將雙腿聚攏，把臉埋進膝蓋中間。我想起了敘皓，如果纏著敘皓的話，或許可以讓這次死亡不算數？

「不行，敘皓沒辦法對人類的生命做些什麼。牠說，不是每個人都能掌控生命。」

我維持這個動作一段時間，陽光經過了桌子，往櫃檯的方向移動。

「啊！對了，大叔！」

這時我才想起大叔。

房間裡空盪盪的，我的心臟怦怦跳，好像要跳出來似的。大叔該不會沒有成功回來吧，被醫生跟護理師抓住還待在醫院嗎？這會是一件很恐怖的事。大叔感受到的疼痛，好像完完全全轉移到我身上一樣。

怎麼那麼慢，我要去醫院找找看嗎？

我搖了搖頭。我沒有自信再承受一次那股疼痛，但是也不能就這樣漫無目的地待著。

當我不知道該如何是好的時候，聽到從廁所傳來呻吟聲。我快速打開廁所門。

「大叔！」

大叔像一隻蝦子一樣蜷縮在浴缸裡。

如風般快速消逝的時間

「我去了醫院，但不幸的是，我在那裡身體開始疼痛起來，結果被送到急診室去。好不容易才逃出醫院。」

這是大叔清醒之後說的第一句話。

「醫生用聽診器檢查，護理師幫我打點滴。即使他們忙得不可開交，我的疼痛感也只有變得更嚴重。我知道這不是在醫院治療，疼痛就會不見的事情，當醫生跟護理師去看其他病患時，我就用盡全身的力量逃跑了。我昏迷了多久？」

他問道。

「我也不知道，看到你留下的紙條後，我也跑出去，好不容易才回來。回來之後也昏倒了。」

「你也出去了？」

「真的是超劇烈的疼痛，我再也不想經歷第二次。你上次已經經歷過一次，這次又出去？」

我很佩服他的勇氣。

「因為沒時間了啊！而且在這四十九天之內，可以忍受得了痛苦的話，就能得到想要的東西啊！時間過去了，這些也都會消失不見。我是抱著已經死過一次了，難道還能再死第二次的心情出去的。那你去哪裡了？」

「漢拿醫院。」

我毫不猶豫地回答。我跟大叔剩沒多少時間了。就連猶豫要不要說出口的這些時間都很可惜。

「漢拿醫院？」

大叔嚇了一跳。

「我有看到你，大叔，你怎麼知道那個叫徐智英的人在那裡工作？你本來不是完全不知道她在哪嗎？」

我開門見山地問他。

「你、你跟蹤我嗎？」

「沒有，我幹嘛跟蹤你？」

「那你為什麼會去漢拿醫院？」

「是我先問問題的。」

大叔沒有回答。只是默默地看著天花板。

「先吃東西再說吧。」

大叔搖搖晃晃地站了起來，走向廚房的步伐看起來很不穩。看來，這次比第一次的疼痛還要劇烈，後遺症也更加嚴重了。

過了好一陣子，大叔才端著煎蛋走出來。花了比平時還多上好幾倍的時間。

「連敲一顆蛋都難，現在我們還剩幾天？」

大叔一邊用叉子一邊問。

「六天，你可以回答我剛剛的問題嗎？」

我夾了一小角煎蛋放進嘴裡。

「上次智英來的時候，我看到她的濕紙巾上面寫『漢拿醫院』。感覺是醫院給的小贈品，我想說她有可能在那家醫院工作，所以就去看看，結果我果然猜對了。」

大叔沒有動他的煎蛋，只是一直摸著叉子。

「那你為什麼去那家醫院？」

大叔問話的那一瞬間，外面傳來聲響。

——碰碰碰。

有人在敲門。

是哥哥。光用肉眼看就能發現他變瘦了。

「好久不見，之前等你的時候，連影子都看不著，今天怎麼會來？現在我們不招工讀生了。」

大叔舉起一隻手打招呼。

「我不是來打工的。」

哥哥看了看大叔的臉色，然後抓住我的手臂。他把我拉到大叔看不見的廚房去。

「幾天前因為奶奶突然病情危急，所以話才說到一半。先把釦子交出來，你知道那件襯衫有多貴嗎？居然掉了兩顆釦子，我本來還在想該怎麼辦，好險有找回來。」

哥哥伸出手。我從褲子口袋中拿出兩顆釦子遞給他。

「這種釦子很稀有，即便如此也不能隨便補換其他釦子，這樣那件襯衫就不帥了。」

哥哥將釦子放到口袋裡。

「但是啊，」

哥哥降低聲音。

「這件事情老闆知道嗎？」

「什麼事情？」

「聽不懂人話吔，就是那個啊。」

「哪個？」

「欸，兔崽子。提示都那麼明顯了，你應該馬上聽懂吧。就我晚上來這裡的那件事呀。」

如果他直說來偷錢的那件事，我馬上就能理解了，到底為什麼要拐彎抹角。看來，他也覺得來偷東西很丟臉。難道講晚上來店裡，就會比較好嗎？

「他不知道，我沒跟他說。」

「是嗎？」

哥哥揚起淺淺的微笑。

「兔崽子，你跟長相不一樣，嘴巴還蠻緊的嘛。我是沒差，只是擔心介紹我來的奶奶會感到困擾。」

至少還有點良心。

「既然講到這件事，我就把話講明了。你覺得我是來偷錢的吧，但我不是來偷錢的。雖然沒辦法跟你說細節，但這一點我要先釐清。我上次也說過了，我雖然什麼事都做過，但就是沒偷過東西跟說謊。」

要說謊也要看對象，我可是你弟弟，看了你十五年還不瞭解你嗎？你這個行為就好比餐桌上堆滿了雞毛，但是你卻說吃的是鴨子不是雞。你真的很喜歡「沒做過」這個詞吔。但是神奇的是，我沒有像以前一樣那麼討厭他了。我不僅不討厭他，甚至擔心他的臉怎麼瘦成那樣。這種感覺到底是什麼？

「如果不是來偷錢，那是來幹嘛的？既然你光明磊落，為什麼不敢說理由？」

「啊，差不多了，我先走了。」

哥哥好像該做的事情都做完了一樣，轉身就要走。

「奶奶好一點了嗎？」

我對著他的後腦勺問。

「兔崽子，還懂得要問候長輩。幾天前，你來醫院真的嚇了我一跳。急救之後就沒事了，不只沒事，還比之前能說更多的話。我以前都不知道原來奶奶那麼愛講話。就好像擔心如果現在不跟我說話，死後會後悔一樣。別提了，別提了。連醫生都說沒事。」

哥哥回頭笑了一下。但是奇怪的是，從剛剛開始他就一直說幾天前。不是昨天的事嗎？

「我們不是昨天在醫院見到的嗎？」

「你說什麼呢？是三天前啊！等一下喔，今天是星期四，你是星期一來的。餐廳關門後，就沒有在管時間怎麼過的嗎？但是為什麼不做生意了？因為老闆生病了嗎？叫他要在醫院好好休息啊！沒錯啦，有錢雖然很好，但健康才是最重要的。」

哥哥拿出手機，讓我看看今天是星期幾。我就像被重物當頭棒喝一樣，腦子裡一片空白。意思是我跟大叔花了三天才清醒嗎？

哥哥離開之後，我跟大叔講了這件事情。

「我的天啊！」

大叔發出類似呻吟聲的嘆息。他搖搖晃晃地走向貼在牆上的紙，畫下三個圓圈。

「這表示現在只剩下三天。這禮拜天就是第四十九天了，這真的太過分了。」

我和大叔面對面站了好一陣子。大叔內心有多複雜，從他的眼神就看得出來。但是要比複雜，我也不輸他。雖然我沒有一定要達成的目標，但是總感覺需要做些事情。我現在才確實理解為什麼當初敘皓提議的時候，大叔會毫不猶豫地答應牠。就像上廁所沒擦乾淨一樣的感覺。大叔應該就是這樣。

他一直在餐廳裡來回走動，很混亂、讓人無法專心。我也在想著，剩下的三天要做什麼，剩下不多的時間我應該要怎麼運用。

「大叔，你能不能安靜坐著？」

「我在測試如果出去的話，我有沒有辦法好好走路。」

「你又打算出去嗎？太危險了！」

「我也知道危險，疼痛會比上次更劇烈吧。但是剩下的時間，我沒辦法浪費在這餐廳裡。」

雖然他的身體搖搖晃晃、沒有力氣，但是眼神卻炙熱地燃燒著。大叔走著走著，還靠著桌子做起伏地挺身還有腿部運動。

「我有想問的事情。」

我小心翼翼地開口問。

「我本來不想說這些話，因為你又想出去，所以才說的。我在漢拿醫院有聽到你跟徐智英的對話。我退一步站在第三者的立場客觀的判斷後才跟你說的，你不要誤會喔，可以嗎？」

我打量著大叔的表情，大叔緩緩地點頭。

「大叔，徐智英她好像討厭你。而且是非常討厭。我希望你可以知道這件事。然後承認這件事。當然她可能以前曾經喜歡過你。但是人心是會變的嘛。我們常常可以在電視劇或電影中看到，你有看過以前一部收視率超過30％，叫做《過江》的電視劇嗎？」

「沒有，我不怎麼看電視劇。」

「那個電視劇真的很厲害，只要網路上有相關的新聞，就會有幾千人去留言。那部劇的主角說了一句很帥的話，他說：『人心就像江水。』江水是無法掌控的。」

說著說著，我才發現自己懂很多東西。

「我也知道智英討厭我。」

你知道？那為什麼還這麼執著？而且已經到病態的程度了。

「但是為什麼你還這樣？為什麼要刁難她，你獲得四十九天的時間來到這邊，是想要刁難她嗎？我的天啊！」

「……」

「你該不會是因為料理才這樣吧？因為徐智英跟她男朋友把你開發的料理當作是自己的，還說謊拿去參加比賽？她說，食材跟製作方法都不一樣，難道她在說謊嗎？是完全一模一樣的東西嗎？」

「……」

大叔緊閉著嘴巴。

「總之，你不要出去比較好。」

即使我是真心擔心他，大叔仍然沒有回答。我也沒有繼續再說。因為我知道即使說也沒有用。我只擔心一件事，如果他出去之後，再也回不來餐廳，那我該怎麼辦？敘皓不可能就這樣放過他。

「如果出去之後回不來的話，你要怎麼辦？」

過了很久之後，我才開口問他。

「你覺得那隻狐狸會找不到我嗎？不用擔心。即使我回不來，牠也會想盡辦法找到我，跟我討那一口熱血。」

大叔的聲音很冷靜。

心就像無法束縛的彎月

大叔還是跑出去了，那是一個下著小雨的凌晨。大叔出去之後，餐廳充滿著濕氣。不知道是不是因為這樣，讓我變得更加不安。隨著時間過去，我也開始想著：就這樣待在這裡沒問題嗎？我要不要也出去看看？這股不安感越來越膨脹。

「好吧，去看奶奶一眼再回來，反正以後再也看不到了。」

時間流逝之後，就再也回不來了。

——停業。

我用遇水不會暈開的筆寫上「停業」後，貼在大門上。然後從餐廳出來。

外面的風雨很大。雖然我打了傘，但是就像沒打傘一樣。在這四十九天裡，我一直穿著同一件藍色運動褲，它因為被雨水浸濕，捲起來的部分一直鬆開拖到地板上。

「啊，對了！我應該帶錢出來的。」

走到大街上時我才想起這件事。本來想說晚一點可以坐計程車回去。看來我們拚死拚活賺的錢，真的到死前一毛都用不到。

雖然我想走快一點，但是步伐比想像中慢許多。被雨淋濕的身體，比平常重了兩倍。我甚至覺得今天我的腳特別短，就是那種想要大步前進，卻像個小孩一樣小步小步的走。我已經用最快的速度在走了，不知道是不是因為下雨的關係，街上很冷清。

等到我抵達漢拿醫院對面，傾盆大雨已逐漸減弱。

正當我準備過馬路時，一台卡車轟隆隆地噴著水花疾駛而過。闖紅燈！怎麼會有這種人？當我靠近卡車後面，打算作勢踢它一腳之後再過馬路時，紅綠燈變成了紅燈。

該死！我罵了卡車一聲，如果不是它，我才不會錯過紅綠燈。總之，因為一個不守規矩的人，讓許多人受害。就在此時，對面有一個人奔跑過來。不知道在急什麼，連雨傘都沒有撐，就慌忙地奔跑過來。

「喔？」

看到那個人的臉時，我驚訝地暫停了呼吸。是徐智英！瘋狂奔跑的徐智英身後，有個像僵屍一樣的人緊追在後，是大叔！現在居然還上演起一場追逐戰了。徐智英好像快被大叔抓住了。那個樣子看起來太可憐，讓我不自覺地開始幫她加油。再快一點！快點！就在這時候，徐智英毫不猶豫地跑入快速來往的車陣之中。

「啊啊啊，不行！」

這時候就好像在等待時機一樣，一輛公車用超快的速度朝著徐智英駛去。我的心臟哐啷地沉下，眼前一片黑暗。

——嘎嘎啊！

公車的煞車聲響起，這個世界就像要爆炸一樣。

千萬不能小看被雨水淹沒的道路，即使司機踩了煞車，公車也像冰塊一樣滑了一段路。我數千根、數萬根的毛髮都直直豎了起來，甚至不敢呼吸。

大叔站在對面，像冰塊一樣僵直。

在公車撞上徐智英之前，有個男人像超人一樣奔向她。速度像風一樣快，男人緊緊抱住徐智英後摔到一旁。公車發出超大的響聲後，擦過他的身邊。公車前進了二十幾公尺後停了下來。

「呼。」

我深深地呼了一大口氣。

徐智英跟那個男人躺在地上一動也不動。死掉了嗎？死了嗎？我的心臟撲通撲通地跳。

過了不久，抱著徐智英的男人動了一下。徐智英比男人更快起身，她從男人的懷中鑽出來後站起來。她沒事，好像是因為男人抱著她滾出去，所以沒受傷。

「沒、沒，沒事嗎……？」

徐智英大哭著搖晃著男人。司機跟三、四名乘客從公車上下來，司機不知道該如何是好，就先打電話叫救護車。

當這些事情發生時，大叔依舊站在原地。不久後，當男人起身時，我看到了他的臉。

「啊！」

我發出了短短的呻吟聲。是那個男人！之前來過餐廳的那個男人。白色褲子搭配水滴圖案白襯衫的那個男人。

救護車跟警車同時抵達現場。男人被抬到擔架上推進救護車，徐智英則是自己上了救護車。

——逼咇逼咇。

救護車發出巨大的聲響離開後，只剩下警察們檢查事發現場。大叔消失不見了，他人不在這裡，是回餐廳了嗎？我放棄去漢拿醫院，回到餐廳。

大叔躺在房間裡，因為待在外面的時間很短，所以疼痛不怎麼嚴重。我甚至還沒開始感受到疼痛。但是，大叔一整天都沒有從房間出來，也沒有吃東西，甚至連水都沒有喝。

等到下午，原本停下來的雨再次傾瀉而下。直到超過晚上十點，大叔才出來上了一次廁所。

大叔跟我的一天就這麼過去了，我代替大叔在紙上畫下圓圈。現在總共有四十七個圓圈。我跟大叔待在這裡的時間，只剩下不到兩天。不對，敘皓說，牠會在第四十九天當天的凌晨過來，這表示我們只剩下一天了。

晚上十二點多，大叔從房間出來了。

「我出去一下再回來。」

「現在嗎？你要去哪裡？」

「一個小時就夠了，一個小時內不會痛，不用太擔心。你先睡吧。」

大叔的聲音低沉到令人害怕，我不敢再多問。大叔沒有撐傘就出去了。

他說，一小時就夠，但是過了兩小時他都沒有回來。過了這段時間，他的身體可能開始發作。如果疼痛開始發作，應該很難冒著雨勢安全回來。但是我不知道他去哪裡，也沒辦法出去找他。

外面甚至開始打雷，雨勢變得更加猛烈。直到快凌晨兩點，大叔終於渾身濕透回來了。他連走路都沒辦法好好走，搖搖晃晃地走回來。大叔脫下被雨水淋濕的襯衫，用力地擰了擰後掛到椅子上，便進去房間。這個氣氛不太適合問他剛剛去了哪裡。

睡不著，我熬了一整夜，當天空破曉時，雨完全停了。

大叔穿著還濕漉漉的T恤走進了廚房。

——咚咚咚，滋滋滋。

我聽到他在廚房處理和準備食材的聲音，持續了好一段時間。不久後，奶油綿綿的香氣瀰漫整間餐廳。

他決定最後一天要煮好吃的食物吃嗎？我站在廚房外面，直盯著大叔的背影。

大叔細心認真地用木製湯勺攪拌著滾燙的奶油綿綿。大叔的樣子看起來非常虔誠。

他找出一個陶鍋，接著把奶油綿綿裝進那個鍋子裡。一湯匙、兩湯匙，大叔舀著奶油綿綿的樣子看起來非常專心。

「這是要給誰的？」

會裝到陶鍋裡，應該不是要給我們兩個吃的。

「嗯。」

大叔簡短地回答。

「是誰？」

如果是平常，我當然會認為是要給徐智英的，但是不知道徐智英在昨天的車禍之後去了哪裡。

「智英。」

「嗯？你知道徐智英在哪裡嗎？」

大叔沒有回答我的話。他從水槽抽屜裡拿出紅色的包袱布包裹陶鍋。

「你知道今天是第四十八天吧？我去去就回。」

大叔提起用紅色包袱布裹著的鍋子，他好像連鍋子的重量都無法承擔，身體搖晃了一下。

「一起去吧。」

我跟著他去。

大叔往漢拿醫院的方向走去。正當我想問徐智英在漢拿醫院裡嗎？

「智英在漢拿醫院裡，昨天晚上我去確認過了。因為出車禍的地方在那附近，所以會移送到最近的醫院，那應該就是漢拿醫院了。」

大叔說。

「昨天發生意外的時候，她看起來沒有受傷。但是住院了嗎？」

「我問了護理師，她說智英的腳骨有裂。」

我猶豫要不要問那個男人的情況，這時大叔像讀了我的想法似地說。

「智英的男朋友是挫傷，昨天看起來傷得很嚴重，好險沒有太大的問題。他們一起在漢拿醫院接受治療。」

但是我們可以這樣闖進去嗎？我想起昨天徐智英從大叔身邊逃離的樣子。不管什麼奶油綿綿，我擔心他可能只會被罵得狗血淋頭。也擔心如果徐智英生氣的話，大叔會不會昏過去。

走在前方的大叔走路歪歪斜斜地。

「我來幫你提？」

「沒關係，這是最後一份，我想要親自拿給她。」

大叔的聲音一點力氣都沒有。

「大叔，我只是以防萬一才說，你不要去鬧事喔。」

「……」

「敘皓說，牠明天凌晨會過來，就表示今天是最後一天了。最後一天，希望你可以不要那樣。那樣只會讓徐智英一直埋怨、討厭你而已。我覺得既然你之前一直折磨她，今天至少要展現灑脫的樣子。開心地笑著說：再見！然後祝她吃得好、過得好。」

我假裝揮了揮手。大叔轉頭看我。

「你說我折磨她？」

大叔問。

「嗯，這不是事實嗎？你不是還對徐智英使用暴力。像個跟蹤狂一樣尾隨她、威脅她，這就是折磨啊。她該有多痛苦啊？」

原本停下腳步看著我的大叔，繼續往前走。

「我啊，想到我在書中看到的內容。不是什麼太深奧的書。我討厭看書，所以沒辦法讀什麼太艱深的書。那是一本簡單又有趣的故事書。從前有一個人啊……」

我跟在大叔後面喋喋不休。這是我想跟大叔說的話，我根本忘記什麼時候讀過的書，偏偏現在想起它的內容。這是上天的旨意。

「有一個人想要天上的彎月，所以費盡千辛萬苦，終於成功摘下它。把彎月帶回家之後，那個人感到非常的幸福。因為他獲得了當初心心念念的彎月。但是，彎月每天晚上都很傷心。你想想看喔，彎月應該要隨著時間變身成半月跟滿月，但是因為被關在手掌心上，所以沒辦法變身。」

「彎月應該覺得很鬱悶吧。」大叔停下腳步，回頭對我說。

「彎月每天晚上都在哭泣，就這樣過了幾天之後，那個人下定決心了。他決定放開彎月。某個深夜，他走到屋頂讓彎月飛回天上。飛上那浩瀚天空的彎月，看起來非常的幸福。那個人看著幸福的彎月，也跟著一起幸福起來。這就表示呢，當我愛的對方幸福，我才會感到幸福。這個故事想說的就是，比起緊抓不放，把對方束縛在身邊的愛，給予我所愛的人自由時，才能一起變得幸福。哈哈哈，雖然這句話是我看作者寫才知道的。但是即使沒看過作者的話，光是從書本內容，也能理解主角跟彎月的心情。」

說著說著，我開始感嘆我怎麼能說出這麼帥氣的話。

「真是一個富有寓意的故事。」

大叔拋下一句話後，繼續往前走。

「但是大叔，我有一件好奇的事。」

「什麼？」

「奶油綿綿啊，我真的很好奇他是用什麼做的。我知道湯頭的食材，但是光用那些食材是絕對做不出那種滋味的。真正的味道是來自於配料，對吧？配料的食材是什麼？反正今天是最後一天，我明天就要跟你一起渡川去迎接完全的死亡了。你可以跟我說吧。」

「是雞肉。」

「什麼？」

居然是雞肉，真是出乎意料之外。奶油綿綿一點雞的味道都沒有，也沒有油脂。

「把雞肉煮熟之後切碎，沒有雞肉的味道是因為湯頭食材的關係。湯頭的食材可以去腥，油脂在一開始湯滾的時候就要撈起來。做辣味的時候，要用非常辣的青陽辣椒煮的雞肉。這會是我做的最後一份奶油綿綿啊。」

大叔看了看包裹在包袱布中的鍋子。

現在可以放心離去了

那個男人穿著病患服，吊著點滴，腳上打著石膏，在躺著的徐智英旁邊照顧她。

「可以幫我叫那個男人出來嗎？」

大叔看著徐智英和那個男人說。我進到病房裡，把他叫了出來。然後站在稍微遠一點的地方，看著大叔跟那個男人。大叔看男人的眼神跟之前很不一樣。要說變得更溫和嗎？還是變得更深邃？

「你有什麼臉跑來這裡？一定要看到智英死掉才痛快嗎？雖然我不知道你跟李民碩是什麼關係，但是你們說的話和行為完全一模一樣。」

男人用高亢的聲音說。

「不，不是的，我今天是來道歉的。昨天的意外，我真心向你們道歉。公車衝過來的時候，我應該要跳下去救徐智英的，但是我做不到，看來我只是一個膽小鬼。」

大叔看起來快哭了。

「我不想聽這種話，請你快點離開！」

男人的反應很冷漠。

「我一直都是個膽小鬼，明明一點都不強，卻總是在逞強。我以為逞強可以達到所有的目的。我也相信這麼做，可以獲得我想要的東西。」

大叔哭了出來，男人感到很驚慌。

「為什麼哭呢？雖然是你讓智英陷入這番田地，但我也不想責怪你為什麼沒有在那個情況下跳下去救智英。我當然要先跳下去，因為我愛她啊！」

聽完男人的話，大叔低下頭。

「我也將昨天發生的事情一五一十地轉告給李民碩了。他跟我約定再也不會來找徐智英。也不會再讓我來找她。這個給你。」

大叔將用包袱布裹著的鍋子遞給男人。

「這是什麼？」

「這是奶油綿綿。」

「有人說想吃這種東西嗎？」

「李民碩明天凌晨就會出國。我也會跟他一起離開。這份奶油綿綿是他最後做的料理，也是給徐智英的道歉。他說，這是他用盡全部的手藝煮成的，如果你們能開心享用，他會非常感激。」

「他要去國外嗎？」

「是的，然後再也不會回來。」

大叔用力說完這些話之後，再次遞出鍋子。男人收下那個用包袱布裹著的鍋子。

男人進到病房後，大叔人貼在病房門外，探頭看著裡面。他應該是看到徐智英開心地在享用奶油綿綿，大叔的嘴角揚起了微笑。

我看著大叔送完菜後，走上了五樓。想要在疼痛發作之前，再看奶奶最後一次，也想見見哥哥。奶奶正在睡覺，哥哥在一旁的簡易床上，躺成大字型熟睡著。

我小心翼翼地走進病房，慢慢地靠近病床，看著熟睡的奶奶。我第一次從正面盯著奶奶看。以前總是從旁斜眼看著她，如果沒有必要的話，甚至連看都不想看。

原來奶奶右邊的眉毛上有痣，耳朵旁邊有一顆豆子般的肉芽。當奶奶的孫子十五年，之前都不知道這些事情。明明只要多注意就能發現的。

「奶奶要好好的喔。」

我小聲地說。

「快點痊癒，出院之後不要再生病了。」

我紅了眼眶。

「喂。」

這時有人大力地拍了我的背，感覺我的背凹了個洞。

「你怎麼會來醫院？」

是哥哥。哥哥擦掉嘴角的口水，從簡易床上坐了起來。

「你是來探病的嗎？蠻有禮貌的嘛，但小兔崽子來探病怎麼兩手空空？至少買杯飲料吧。不管爸爸還是兒子都一樣小氣。爸爸都快死了還為了省醫藥費不去看醫生。兒子則是兩手空空來探病，兔崽子不能這樣啦！」

「不要叫我兔崽子，我不是來探病的。」

「那為什麼來？既然不是來探病的，為什麼還來病房？」

我怕吵醒奶奶，不管哥哥，逕自從病房走了出來。哥哥也跟著一起出來。

哥哥問：「問你為什麼來？有事快說。」

「我是來找你的。」

「又在發瘋，跟大你五歲的成人說話怎麼可以不用尊稱。啊，算了，我為什麼要辛苦地告訴你什麼是禮貌。有事快說？我已經跟你說過我不打工了，反正餐廳好像不營業了，應該也不需要工讀生。那你應該沒其他事找我吧？啊，還是說要重新開業？等之後奶奶身體好一點，我再考慮要不要去打工。我的確蠻會做事的啦。」

「你說，上次半夜潛入餐廳不是為了錢，對吧？那是為了什麼？」

既然都來了，我想問清楚。我真的很好奇。

「唉呦，因為好奇這個而大老遠跑來？都是過去式了，幹嘛好奇這種事？不要好奇了。如果之後有機會去你們那打工的話我再告訴你。啊，奶奶吃藥的時間要到了。」

哥哥揮一揮手，示意我趕快走。因為他不跟我說，所以我更好奇了。

「那麼我要跟我爸說John王想偷錢，所以大半夜從窗戶溜進來囉？還是跟他告狀說，那時跟我打架的人就是John王？那麼爸爸就會跟白髮奶奶說這件事，白髮奶奶該有多尷尬啊！她會因為介紹你來工作而背上這條罪，不知道該如何是好。」

「這傢伙，居然威脅我！好啊，我就告訴你，跟我來。」

哥哥走向五樓跟六樓之間的逃生梯。

「我去餐廳的理由，可能會因為想法的不同，讓你覺得跟我要去偷錢沒什麼兩樣。因為都是去偷別人的東西，但是當天的行為我很後悔。要不要跟老闆說，由你決定。」

哥哥的表情變得很嚴肅。

「奶奶昏倒之後，因為需要生活費跟醫藥費，我需要工作。本來想要一走了之，但是我沒辦法這麼做。這樣的話奶奶該怎麼辦？看來我真的有善良的一面。」

這種情況下還不忘稱讚自己。

「所以我才去九尾狐餐廳打工，但是沒料想到奶奶要開大刀，我賺錢的壓力很大。但是我沒有想要偷錢，絕對沒有。我只是想知道奶油綿綿的食材是什麼。雖然我因為娜娜的簡訊知道了湯頭，可是不知道最重要的配料食材啊。我觀察老闆工作的樣子，發現他有一個藏在冰箱旁邊的大塑膠袋。我想奶油綿綿的食材一定就藏在那個塑膠袋裡。如果知道食材，我就能像賣鯛魚燒的一樣在路邊擺攤賣。所以那天晚上才去了餐廳。」

哥哥望著遠方說。

「你不是說偷別人的料理祕方很可恥嗎？自己說過的話都忘記了？」

「我很後悔，也很抱歉啊！」

哥哥道歉了，我能感受到他的真心。

「我明天要跟爸爸出國，再也不會回來了。」

我把大叔跟男人說過的話講給哥哥聽。哥哥的眼睛睜得很大。

「再也不會回來了？你是要移民嗎？」

「移民？對，要移民。」

「要去哪？」

那時不知道為什麼我的腦袋中冒出瑞典這個國家。

「瑞典。」

「瑞典？哇，因為錢多，所以去了一個好地方啊。聽說瑞典福利很好，非常適合居住。真羨慕你。將來如果成功了可要回來啊。」

真是俗氣，只要說去國外，就會祝福對方成功之後要回來的話。這種台詞在電視劇裡常常看到。好好過日子啊、要健康喔、要幸福喔！明明有很多類似的話，卻偏偏選擇成功後要回來喔。又不是所有人都是為了事業成功而去國外。

哥哥伸出手，那一瞬間我的眼淚噴發出來。完全無法控制，瞬間像瀑布一樣湧了出來。連我自己也嚇到。

「看這小傢伙，因為我們是認識的人，所以很傷心嗎？別哭啦。」

哥哥緊緊抓住我的肩膀。他的肩膀好溫暖，原來哥哥也有這樣的一面啊。

原本以為他只是一個流氓。

因為同父異母、因為他講話粗俗、因為他折磨我，所以我在我們之間立下了一道很厚的牆。然後只從我想看的角度，去判斷哥哥這個人。

哥哥將我抱入懷中，我還在哭著，就已經感覺到疼痛從腳底開始蔓延。我突然清醒過來。

「我先走了。」

我慌忙地轉身，那股疼痛光用想的都覺得可怕。

「喂！」

哥哥叫住正快速向前走的我。

「你叫什麼名字？至少知道名字再走吧？我的本名叫王道守。你呢？」

「王道英。」

該死！我不知不覺就直接說出本名。

「王道英……」

哥哥眨了眨眼，不知道要接著說什麼。

「兔崽子，別開玩笑。你是從秀燦那裡知道我弟弟叫道英吧？那麼你應該也知道他死掉了……道英那兔崽子，兔崽子……」

哥哥緊咬著下嘴唇，不停地眨著眼睛。

「那兔崽子是個很壞的傢伙，對吧？而且很沒禮貌。」

我快速地說。

啊，我的嘴巴到底怎麼了。難道就那麼想知道哥哥是怎麼看我的嗎？如果知道他的想法後，說不定會更討厭他。我想打我自己的腦袋。

「喂！我之前有說過吧。我弟弟跟我差五歲都會乖乖跟我說敬語，也很懂禮貌。你還以為他跟你一樣啊？」

哥哥吞了口水。我那時才看到，哥哥眼眶中湧出的眼淚。當了十五年的兄弟，可能在不知不覺中有一條繩子一邊將我們繫在一起，一邊討厭著對方。我看著哥哥的眼睛才明白。

「對不起，我玩笑開得太過火了。對了，你快拿出手機記錄下來。我要快點走了，所以你快一點。」

我靠近哥哥。

「記什麼東西？你買手機了嗎？要跟我說你的電話？好啊，我們偶爾聯絡喔。如果你變得更有錢了，我還可以去找你玩。如果我去瑞典找你，可不能裝作不認識喔。」

哥哥拿出手機。我將大叔那邊聽來的奶油綿綿食譜，仔細地告訴哥哥。也不忘跟他說，反正我們要去國外了，他做來賣也沒關係。在這段時間，疼痛已經順著膝蓋往上蔓延。

「我先走了。」

我迅速轉頭，進入電梯時，我回頭看了一眼。哥哥也站在原地看著我。

「啊，對了。」

我再次走向哥哥。

「幫我轉達給秀燦，秀燦上次來買奶油綿綿時跟我聊了很久。秀燦把王道英意外死亡那件事怪罪在自己身上。覺得道英要騎車時，自己沒有攔住他。但是我也喜歡騎車……」

「你也喜歡騎車？我看你應該是沒有駕照吧，喂，你這傢伙！不要這樣子，意外發生都是一瞬間的。秀燦也是三個月前過了生日後去考駕照才開始騎，駕照那個東西雖然看起來不怎麼起眼，但是非常重要啊！你不要這樣，再也不要騎了。等一下，在瑞典，小孩們也很常騎車嗎？也是，難道瑞典小孩就會不一樣嗎？都一樣啦。不要騎喔！」

哥哥生氣地說。

「好，去瑞典我也不騎了。總之我喜歡騎車，所以知道騎車有多開心。心情不好的時候，騎車最開心了。幫我跟秀燦說，王道英認為可以有一個像他這樣的朋友，真的非常感謝跟驕傲。多虧了秀燦，每當他心情跌落谷底時，才能體驗在天上飛的感覺。」

「兔崽子，還學道英講話學得那麼像。知道了，我一定會幫你轉達。」

哥哥將眼淚吞了回去。

「那麼我真的要走了，哥。」

我有生以來第一次看著哥哥，叫他一聲哥哥。

「聽你叫我哥哥，感覺真開心。」

哥哥笑了。

大叔在醫院門口等我，疼痛發作的他，不停扭轉著身軀，看起來非常痛苦。我的疼痛也加劇了。

不知道我們是怎麼回到餐廳的。這疼痛就像支撐身體的骨頭都融化了一樣。我跟大叔一進到餐廳就馬上倒了下去。好險外出時間短，我們沒有昏厥。

差不多傍晚時刻，大叔將冰箱裡的食材通通翻出來，用剩下的食材煮了菜，準備最後的晚餐。餐桌上放了各式各樣的料理。

「心情好輕鬆。」

大叔拿著筷子說。

「其實我知道智英跟那個男人一起比賽得獎的料理跟我無關。雖然我硬說食材跟做法不一樣，但點子是一樣的。其實在我心裡知道兩個是不同的東西。然而，最奇怪的是智英因為一道跟我無關的料理而得獎，讓我的心情變得很差。如果她是拿跟我一起開發的料理參賽得獎，那樣我還不至於陷入如此深的挫折感中。要說是被無視的感覺嗎？總之，是一個奇怪的感覺。所以我就更討厭跟智英一起參賽的那個男朋友。我深信我比他更喜歡智英，所以才更無法忍受吧。唉。」

大叔沒有繼續說，輕輕嘆了一口氣。

「所以我產生了奇怪的競爭意識。好啊，來啊！就一起走到最後看誰贏的這種想法。我下定決心絕對不會放棄智英。我也深信自己比那個男人更喜歡智英，所以只要我不放棄，她總有一天會回到我身邊。但是昨天我才知道，原來自己沉迷於一個多麼不像話的自我小宇宙裡。你知道當智英陷入危險的時候，我心裡在想什麼嗎？」

大叔嘴裡發出呻吟聲。他看著我，毫不掩飾痛苦的表情。

「那輛公車看起來就像一隻巨大的怪獸。我想如果我跳下去救智英可能會死！我甚至忘記我已經死了。你不覺得很好笑嗎？但是那個男人卻毫不猶豫地衝了過去。」

大叔的表情變得更加猙獰。

「我終於瞭解我向著智英的心，其實根本就只是執著而已。總之，我現在放下了。如果能更早知道的話就好了，這樣我的生活也會變得不一樣吧。我很高興至少是理解了這件事才離開這個世界。我要跟敘皓說聲謝謝。還以為牠是隻奸詐的騙子狐狸，看來也不完全如此。牠說，能遇到牠很幸運，結果是真的。來，吃吃看吧，我發揮我這輩子所學手藝做的料理。」

大叔將用地瓜做成的燉湯推到我面前。

我也感謝敘皓，如果不是牠，我可能到最後都不知道奶奶跟哥哥的想法，也永遠都不知道秀燦的想法。就跟大叔說的一樣，如果可以在死前知道這些事該有多好。

如果可以回到那時候，我想要成為一個優秀又帥氣的孫子跟弟弟。即使沒辦法，我也不後悔當初生為奶奶的孫子還有哥哥的弟弟。也很滿意我曾經是秀燦的朋友。

大叔跟我把一桌子的料理都吃得精光。

沒有永生

過了淩晨，直到天亮敘皓都沒有來。大叔說，該不會敘皓忘記我們在這裡了。因為遇見太多人，所以有可能搞混。不然就是牠已經喝了一千個人的熱血，成為不死鳳凰離開了。

「如果是這樣，我們現在要怎麼辦？」

當大叔還在擔心的那一刻，門被打開了。這時，我跟大叔同時露出了緊張的表情。但是走進餐廳的人不是敘皓，而是一個穿著深藍色西裝、黑色襯衫、繫著白色領帶的男人。

「餐廳關門了。」

大叔親切地說。

「我是代替敘皓來的。唉呦，為了找到你們還吃了點苦頭。牠真的是把人們分散在各處，到處找人找到我鞋底都要磨破了。」

男人嘆了口氣，直接坐在桌子上。

「哎呀呀，看你們的臉色，應該在外面晃了很久。如果死者在活人的世界上亂晃，那疼痛可是一絕呢！敘皓沒有跟你們說注意事項嗎？也是，那狡猾的狐狸，怎麼可能會仔細說明。」

男人從鼻子裡發出冷笑聲。

「你們該不會還用了從活人那裡收來的錢吧？如果不知道注意事項，可能就會用得很開心。這樣真的會很糟糕喔。黃泉路上可是要面臨劇烈的疼痛喔。」

聽到劇烈疼痛這四個字，瞬間讓我精神抖擻。

「不能用錢嗎？真的嗎？我沒看到這條注意事項。雖然我們沒用錢。」

「那好險，如果你們在路上抱怨很累、很痛的話，會連累我也一起跟著疲憊。」

「啊，對了，在我把注意事項的紙撕碎之前，在『不要出去』那行下面好像還有兩三行字，可能就是這個吧。」

大叔用低沉的聲音小聲地說。

「總之，走吧。」

男人快速站了起來。

「我有一件好奇的事，我們賺的錢會去哪呢？」

我想知道是不是可以把那些錢，就那樣放在房間裡。

「那個呀？你們踏出這裡之後，它就會變成白紙。你有聽過這句話嗎？人類是空手來，也會空手而去。死者賺的錢並不是錢。快走吧。」

男人溜出了門外，我跟大叔跟在他後面。

——轟隆轟隆。

餐廳外面一台摩托車吵鬧地向我們騎來。是秀燦的媽媽。

「哎呀，關門啦。我想吃奶油綿綿呢，也帶了超好吃的炸雞，怎麼辦呢？」

秀燦媽媽敲了敲門。我跟大叔就站在她面前，但她好像看不到我們。

「這個世界上，再也無法品嘗到奶油綿綿了呢。」

大叔小聲地嘟囔著。

大叔並不知道，這個社區馬上就會出現一個賣奶油綿綿的路邊攤。路邊攤成功後，可能還會變成奶油綿綿專門餐廳。餐廳名字應該會叫「John王餐廳」吧，或者是「王道守餐廳」。

秀燦媽媽會變成那家餐廳的常客，因為她說過，奶油綿綿對她來說就像是藥。秀燦媽媽吃了奶油綿綿之後變得更健康。那麼之後秀燦就再也不用騎車送餐了。我光是用想的就很開心。

「敘皓去哪了呢？」

走在路上大叔問男人。

「死了。」

「嗯？死掉了嗎？牠不是說牠就快成為不死鳳凰了？」

「牠相信只要搶了別人重生的機會、喝了熱血就能成為不死鳳凰啊！但是世界上根本沒有不死鳳凰這種東西。所有的生命在他們出生的那一瞬間，就會伴隨著死亡，並且同時獲得幸福與不幸。活在世上，是幸福還是不幸，選擇完全取決於自己。活得好就會幸福，所謂『活得好』，就是一個沒有遺憾的人生。敞開心扉，把每天都當成最後一天，就可以過上沒有遺憾的人生。如果敞開心扉，就會對自己和每個人慷慨，也會有時間從不同的角度審視周圍。但是絕大多數人都認為自己可以活很久，真是愚蠢。正因為如此，死的時候一定會後悔，但是那一刻即使後悔也沒有用了。哎呀，真是一群愚蠢的東西。如何，你們是那群愚蠢的東西嗎？」

我跟大叔也屬於那群愚蠢的東西。

「敘皓那隻狐狸從出生開始，就夢想成為不死鳳凰，結果虛度了時光。本可以作為一隻狐狸快樂地生活，卻永遠沒機會了。就說牠是一隻傻狐狸。多虧了牠，讓我變得更忙了。」

那個男人該有多嚴肅可怕，大叔才連問他是誰都不敢問。

不知道走了多久，大叔沐浴在陽光下的臉，變回了他原本的面容。我摸了摸我的臉，圓圓的下巴跟突出的顴骨，原本的王道英，是我原本的臉。

「多虧敘皓那隻傻狐狸，我跟你至少還能擺脫一些誤會再走。真是感謝牠，但是既然敘皓不在了，那之後死的人就再也不會有這種幸運了吧？」

大叔緊跟在男人身後，對我說。大叔一次都沒有回頭，我也一樣。

《九尾狐餐廳》創作筆記

青少年時期，我是一個不特別，也不突出的孩子。成績不上不下，學校也是愛去不去，即使連續請假十天，也只有班導師會在乎的那種孩子。

我自認我是一個不重要的孩子，雖然偶爾會覺得寂寞，但是卻很自由。因為沒有能力上好大學，也不必承受一定要考上好大學的壓力。所以我總是退一步站在後面，觀察那些每天都在激烈戰場上互相競爭的孩子們。觀察其他人這件事，比想像中還要饒富興味。

作者朴賢淑的學生時期

我其中一個觀察對象是國中二年級時的同班同學。那時，我從一所鄉下學校轉學到城市學校。其實在鄉下學校我的成績還算是前段，但是轉學到城市後，我的成績就像解除武裝般，無情地被擊潰。想要再重建對我來說實在太困難，所以早早就放棄了。也多虧我們家不是會逼迫小孩讀書的家庭。我想先提一件事，我的父親從小就被稱為天才，是一位非常聰明的人。我的爺爺是教師，父親也跟爺爺一樣就讀師範大學，成為了一位教師。只是不知道為什麼他們完全不插手孩子們的學業，我到現在還是有點好奇。但是多虧父親是這種個性，我才能有自由的青少年時期。

我的觀察對象是一個很顯眼的人，身材高䠷，膚色也很明亮。如果仔細看會覺得她並不漂亮，但是卻散發出高貴典雅的氣質。她的成績也很普通，然後不知道是因為膝蓋還是哪裡受傷，時常不來上課。甚至經常動手術，也能常常看到她裹著石膏來學校。通常因為身體不好而常缺席的人，會莫名變得喪氣跟畏畏縮縮。但是這個孩子並沒有這樣。她總是處在教室的正中心，而且很受同學青睞。家境好像也蠻好的，她總是穿著擦得亮晶晶的皮鞋，雖然大家都穿一樣的制服，但是她的看起來特別不一樣。襯衫特別潔白，百褶裙的皺褶也是分明又平整，完全不輸給軍服。

如果跟她對視，她一定會回以一個微笑。在廁所遇到她時，她也會回頭給我一個微笑。不用什麼特別的理由，她總是會對我微笑。一開始我只是好奇她為什麼會對我笑，為了找出這個答案，在煩惱好幾次後，我決定提高我的觀察力度。但是我發現並沒有什麼特別的原因。她只是單純地對我笑。雖然我們沒聊過天，或是一起做過什麼事。不知道為什麼，我覺得跟她很親近。如果要我選出班上最要好的同學，我會想要選她。我的視線總停留在她身上。

我們升上同一所高中，開學之後，她的腳好像已經痊癒了，再也沒有缺席過。我們高中總共六個班級，但是這三年我們從來沒有同班過。

上高中之後，我總是搭乘需要公車小姐在後面推人上車的滿員公車，那個孩子則乘坐自家轎車上學。每當我站在公車站時，都可以看到她搭車經過的樣子。她如果從車窗看到我，總是會面帶微笑看著我，但是從來沒有邀請我一起搭她們家的車上學。當然我也從來沒有想要搭她們家的車。

我們學校校門前有一個非常陡的坡，如果遇到下雪天路上結冰的話，那簡直就像戰場。每當這時候，她都會牽著她父親的手爬上斜坡。她的父親應該是想守護女兒才

國中畢業當日

這樣做，但是卻因為身材高大反而拖了女兒的後腿，那個孩子經常一邊攙扶著滑倒的父親，一邊對著經過的我笑了笑。

我們沒有任何一個相似的地方，也沒有相通的地方，甚至連幾句話都沒說過。但是將近五年的時間，我總是覺得跟她很親密。

高中畢業之後，基本上沒有什麼機會見面。但是因為住在同一個社區，所以偶爾還是會遇見她。即使這樣我們也只是用微笑打招呼，沒有交談過。

大學畢業後，她實現夢想成為空服員。當時空服員是多麼帥氣的職業啊，我覺得她的外表真的非常適合擔任空服員。雖然我們不是好朋友，但是我也為她的成功感到驕傲。那時候也是，只要在路上遇到，她都會對我笑一笑，也就僅此而已。

後來因為航空事故，她在二十五歲左右離開這個世界了。雖然事情已經過了三十年，我依舊清晰記得大韓航空858號班機空難。從巴格達起飛，在安達曼海上空突然爆炸。她就在那台飛機上。

得知這個消息之後，很長一段時間我都沉浸在痛苦之中。因為住在同一個社區，所以總相信有一天可以在路上遇到她、可以永遠看到那個笑容。從國中二年級就保持的這段關係，也可以一直延續下去。但是這些希望都像泡泡一樣，瞬間破滅了。

為什麼我只有觀察她，明明有那麼多機會可以跟她變成朋友，為什麼都白白浪費了呢？我很後悔，而這份後悔讓我很難過。希望時間可以重來。但是我們無法回到過去，時間也沒辦法重來。

即使過了那麼久，我還是沒有忘記那個孩子。每當反覆回想起關於她的事情，總會覺得我們之間是不是有一條看不見的繩子相連。兩個人的心意自然而然流淌著，總會在某個交點相遇。我始終覺得非常可惜，我們沒辦法在那個交點創造屬於我們的回憶。

《九尾狐餐廳》裡那個自認為自己不重要的孩子，是在我成為作家之後，將內心這段長久塵封的故事搬上檯面的小說。對她來說，我不是一個不重要的孩子，而是特別的孩子。我也想承認，對我而言她也是特別的孩子。活久了就知道，對不在意的人，是無法送上溫暖微笑的。我們只有向合得來的人能敞開心扉，只有對這些人能微笑相待。

《九尾狐餐廳》裡，我在陽間與陰間設置了一個中間站。這是一個運氣好的人才能去的空間，不是所有的人都能去。本書的主角有幸能夠停留在這。小說中道英跟秀燦，就像是我跟那個孩子。在撰寫小說的過程中，我希望秀燦跟道英，即使已經太遲了，也能確認彼此的心意。因為道英在明白奶奶跟道守的真心後，我彷彿像是解決了一個長久以來的課題，內心感到十分輕鬆。

如果今天死亡找上門，我能說出我不後悔嗎？我能不留戀過去，不覺得可惜嗎？我有辦法不哀聲嘆氣說想要回到過去嗎？很可惜這都是不可能做到的事情，我們要做的就是，當時間停留在我們身上的時候，在那段時間用盡全力生活。

生命並不是上天賜予的，而是我們靠自己打造。我們會活出什麼樣子，完全取決在自己手裡。時間飛逝如此快速！我們是不是太輕易地就放走它了？是不是太過堅信明天、後天會到來？是時候檢視看看，我們是不是忘記生命並非永恆。

希望讀者們可以更加熱愛自己的生活，並真心對待身邊的人。希望大家都可以聰明地打造自己的人生。幸福一直離我們不遠，只要願意伸出手，就觸手可及。

妳，過得好嗎？
很抱歉現在才傳達我的心意。

2018年春天
朴賢淑

구미호식당

國家圖書館出版品預行編目(CIP)資料

九尾狐餐廳／朴賢淑著；張雅婷譯.
-- 初版. -- 新北市：大樹林出版社，2023.07-
冊；　公分. -- (讀小説；2)
ISBN 978-626-97115-8-1（第1冊：平裝）
862.57　　112009958

系列 / 讀小説02

九尾狐餐廳：牽絆的奶油料理

原 書 名 / 구미호식당
作　　者 / 朴賢淑
翻　　譯 / 張雅婷
總 編 輯 / 彭文富
編　　輯 / 王偉婷
校　　對 / 江菱舟
排版設計 / 菩薩蠻數位文化有限公司
封面設計 / 張慕怡

出 版 者 / 大樹林出版社
營業地址 / 235 新北市中和區中山路二段 530 號 6 樓之 1
通訊地址 / 235 新北市中和區中正路 872 號 6 樓之 2
電　　話 / (02)2222-7270　傳真 / (02)2222-1270
網　　站 / www.gwclass.com
E-mail / editor.gwclass@gmail.com
FB 粉絲團 / www.facebook.com/bigtreebook

大樹林學院
Line 社群
微信社群

總 經 銷 / 知遠文化事業有限公司
地　　址 / 222 深坑區北深路三段 155 巷 25 號 5 樓
電　　話 / (02)2664-8800　傳真 / (02)2664-8801
本版印刷 / 2024 年 2 月

定價：350元　港幣：117元　ISBN/978-626-97115-8-1